मर्यादा पुरुषोत्तम

मर्यादा पुरुषोत्तम

नागार्जुन

वाणी प्रकाशन

वाणी प्रकाशन

4695, 21-ए, दरियागंज, नयी दिल्ली 110 002

फ़ोन : +91 11 23273167 फ़ैक्स : +91 11 23275710

शाखाएँ

अशोक राजपथ, पटना 800 004, बिहार

कॉफ़ी हाउस कैम्पस, महात्मा गांधी मार्ग, इलाहाबाद 211 001, उत्तर प्रदेश

महात्मा गांधी अन्तरराष्ट्रीय हिन्दी विश्वविद्यालय, वर्धा 442 001, महाराष्ट्र

सुल्तानिया रोड, मोतिया पार्क, भोपाल 462 001, मध्य प्रदेश

www.vaniprakashan.com
marketing@vaniprakashan.in
sales@vaniprakashan.in

Maryada Purushottam
by Nagarjun

ISBN : 978-93-5072-106-3
Novel

संस्करण 1986, 1999, 2015
चतुर्थ संस्करण 2021

मूल्य : ₹ 250

आर. टेक ऑफ़सेट प्रिंटर्स, दिल्ली-110032 में मुद्रित

वाणी प्रकाशन का लोगो मक़बूल फ़िदा हुसेन की कूची से

पूर्व कथा

पुराने जमाने में हमारे यहाँ राजपूतों के दो खानदान बहुत प्रसिद्ध थे। एक चन्द्र वंश, दूसरा सूर्य वंश। राम सूर्य वंशी थे।

सूर्य वंशी राजाओं का इतिहास कई पुराणों में मिलता है। अयोध्या उनकी राजधानी थी। देश का नाम कोशल था, जिसे आजकल अवध कहते हैं। यह अयोध्या सरयू नदी के तट पर अब भी एक तीर्थ के रूप में विद्यमान है। इसको बसाने का श्रेय राजा युवनाश्व को है। वह मान्धाता के पुत्र थे।

राजा युवनाश्व के कोई पुत्र नहीं था। पुत्र प्राप्ति के लिए उन्होंने यज्ञ किया।

एक दिन यज्ञ मंडप में ही राजा को नींद आ गई। कुछ काल बाद बड़े जोर की प्यास लगी, किन्तु पानी कहीं नहीं मिला। लाचार हो राजा ने मंडप में ही रखा हुआ अभिमन्त्रित जल पी लिया और फिर सो गए। सवेरे पुरोहित ब्राह्मणों ने पूछताछ की कि मंडप में रखा हुआ अभिमन्त्रित जल का क्या हुआ? राजा ने बताया, जोर की प्यास लगी थी, वह पानी मैं पी गया। पुरोहितों ने कहा—महाराज, बड़ा अनर्थ किया आपने। वह जल अभिमन्त्रित था। उसमें गर्भ की शक्ति थी। वह जल रानी के लिए था। अब आपके ही गर्भ रहेगा। आप ही के पेट से सन्तान उत्पन्न होगी। राजा बहुत घबड़ाए, किन्तु उपाय ही क्या था? समय आने पर राजा ने गर्भ धारण किया। अन्त में राजा का पेट चीरा गया और उसमें से मान्धाता का जन्म हुआ। राजा को इतना कष्ट हुआ कि उनके प्राण पखेरू उड़ गए।

मान्धाता बड़े प्रतापी राजा हुए। आगे चलकर इन्हीं राजा

के कुल में सगर का जन्म हुआ। सगर के साठ हजार लड़के हुए। भगीरथ इन्हीं महाराज सगर के प्रपौत्र थे। उन्होंने कई हजार वर्ष तपस्या की और गंगाजी को धरती पर उतारा। कपिल मुनि के शाप से सगर के साठों हजार लड़के जलकर भस्म हो गए थे। गंगाजी ने उन सबका उद्धार कर दिया। भगीरथ द्वारा धरती पर उतरने के कारण गंगा का नाम भागीरथी पड़ गया।

राजा हरिश्चन्द्र भी इसी सूर्यवंश में हो गए हैं। आगे चल-कर राजाओं के इस खानदान में हम दिलीप को पाते हैं।

राजा दिलीप के, बड़ी उम्र हो जाने पर भी, जब कोई सन्तान न हुई तो रानी के साथ वह अपने कुलगुरु वशिष्ठ के आश्रम में पहुँचे। अपनी चिन्ता का कारण बताकर राजा ने मुनि से कहा—महाराज, सूर्यवंश का दीपक क्या यों ही बुझ जाएगा?

मुनि ने कहा जल्दी-जल्दी आते हुए तुमने कामधेनु की परि-क्रमा नहीं की। वह तुम पर रुष्ट है। अब कामधेनु की लड़की की सेवा करके तुम उसे प्रसन्न करो, तभी सन्तान होगी।

कामधेनु की लड़की का नाम था नन्दिनी। उसे लेकर राजा और रानी अयोध्या आए। अगले ही दिन दिलीप ने गाय की सेवा आरम्भ कर दी। वह उसे जंगलों में ले गए। नदियों के कछार, तराई के जंगल, हिमालय की तलहटी, जहाँ कहीं भी अच्छी घास मिलने की सम्भावना थी, राजा गाय को चराने लगते थे।

एक दिन ऐसा हुआ कि गाय नई-नई मुलायम दूब चरने के लिए एक पहाड़ की खोह में घुसी। दिलीप ने उधर ध्यान नहीं दिया। गाय की रक्षा के सम्बन्ध में राजा दिलीप निश्चिन्त थे। उनका ख्याल था कि महामुनि वशिष्ठ के प्रभाव से कोई भी जंगली जानवर नन्दिनी के पास फटक नहीं सकता।

अकस्मात् गाय जोर से डकरा उठी। राजा ने इधर-उधर देखा, वह कहीं दिखाई नहीं पड़ी। जरा आगे बढ़कर दिलीप ने देखा कि एक सिंह नन्दिनी को दबोचे हुए है। उन्हें बड़ा गुस्सा आया। जल्दी-जल्दी उन्होंने धनुष पर डोरी चढ़ाई। किन्तु यह क्या, तरकश से हाथ क्यों चिपक गया ?

राजा को बड़ा ही क्षोभ हुआ। ऐसा तो कभी नहीं हुआ था कि दुश्मन सामने हो और तरकश से तीर ही न निकले। राजा इसी पेसोपेश में पड़े थे कि सिंह ने मनुष्य की बोली में कहा, "महाराज ! तुम मेरा कुछ नहीं बिगाड़ सकते। मैं शंकर भगवान का सेवक हूँ। देवदार वृक्षों की रक्षा के लिए यहाँ मेरी नियुक्ति हुई है। मैं अमर हूँ। मुझे मारने की कोशिश न करो। इस पहाड़ में जो भी पशु मेरी निगाह में पड़ जाते हैं, उन्हीं से मैं अपना निर्वाह करता हूँ।"

राजा ने प्रार्थना की "अभी यह गाय मेरी निगरानी में है। इसकी रक्षा का भार महामुनि वशिष्ठ ने मुझे सौंपा है। फिर यह कैसे हो सकता है कि गाय को मैं आपका आहार बनने दूँ। मुझसे आप अपनी भूख मिटाएँ, परन्तु इस गाय को छोड़ दें।"

सिंह ने राजा को बहुत समझाया, बहुत बुझाया। परन्तु राजा ने एक न मानी। तरकश और कमान एक ओर रखकर दिलीप सिंह के आगे झुककर बैठ गए कि इतने में राजा के कानों में ममता भरो आवाज सुनाई दी। "उठो बेटा ! तुम्हारी परीक्षा लेने के लिए ही मैंने यह सब किया था। उठो, मैं तुम पर प्रसन्न हूँ। जो चाहोगे, वही वरदान दूँगी।"

राजा दिलीप देह की धूल झाड़ते हुए खड़े हो गए और प्रसन्नतापूर्वक अयोध्या लौटे। आगे-आगे गाय, पीछे-पीछे राजा।

थोड़े दिनों के बाद कामधेनु की कृपा से महारानी सुदक्षिणा ने राजकुमार रघु को जन्म दिया।

रघु बड़े प्रतापी राजा हुए। उनका लोहा देवराज इन्द्र तक

मानते थे। भूमंडल के सभी देशों को जीतकर बहुत-सा धन उन्होंने इकट्ठा किया और सारा यज्ञ में दान कर दिया। अपने यहाँ धातु के जो भी पात्र थे सब ब्राह्मणों को दे दिए। स्वयं मिट्टी के बर्तनों से अपना काम चलाने लगे।

रघु से अज और अज से दशरथ हुए। दशरथ की आयु बड़ी लम्बी थी। उनका शासन दूर तक चलता था। उनके तीन रानियाँ थीं। पर सन्तान एक भी नहीं थी।

एक बार शिकार खेलने के लिए राजा दशरथ जंगलों में गए। भटकते-भटकते रात हो गई। अनुचर परिचर इधर-उधर छूट गए। रात का समय कहाँ टिके ? समझ में नहीं आ रहा था कि इतने में पानी से एक विचित्र प्रकार की आवाज आई। राजा को लगा कि जंगली हाथी पानी में अपनी सूँड़ डुबोकर गुड़गुड़ा रहा है। बस, फिर क्या था ? तरकश से तीर निकालकर उन्होंने शब्द वेधी बाण चला दिया।

बाप रे बाप ! किसी के गिरने की और साथ ही कराहने की आवाज आई तो राजा को अपनी भूल मालूम हुई और वह दौड़े। यह श्रवण कुमार थे, जिनको पानी भरते समय राजा ने तीर से घायल कर दिया था। वह अपने बूढ़े माँ-बाप को कन्धे पर बहंगी के सहारे टोकरों में बिठलाकर तीर्थों का दर्शन कराते फिर रहे थे। उन माँ-बाप को एक पेड़ के नीचे बैठाकर श्रवण कुमार उनके लिए पानी लेने आए। घड़े में पानी भरते समय गुड़गुड़ की जो आवाज हुई, उसी ने राजा को भ्रम में डाल दिया।

अब क्या हो ? श्रवण कुमार को तीर तो लग ही चुका था। कराहते हुए तरुण तपस्वी ने परिचय पाकर कहा, "महाराज पहले आप मेरे माता-पिता को पानी पिला आओ। वे बहुत प्यासे हैं।"

बात मालूम होने पर उन अन्धे बूढ़ों ने राजा को शाप

दिया…'तुम भी हमारी ही भाँति बेटे के वियोग में मरोगे।'

राजा दशरथ ने उन तीनों का अन्तिम संस्कार किया और प्रातःकाल अयोध्या आए। वृद्धों के उस शाप का राजा ने मन ही मन स्वागत ही किया; क्योंकि पहले बेटा हो लेगा तब न बिछोह होगा।

राम जन्म

कश्यप और अदिति ने बड़ी कठोर तपस्या की। ब्रह्मा, विष्णु, और शिवजी ने उन्हें वर देना चाहा, पर वे डटे रहे। 'ओ३म् नमो भगवते वासुदेवाय'…यही मन्त्र था जिसका जप वे कर रहे थे।

तपस्या करते-करते बहुत समय बीत गया। सौ नहीं, हजारों साल। आखिर नारायण का आसन डोला। प्रकट होकर उन्होंने कहा—'आपकी इस साधना से मैं प्रसन्न हूँ। जो चाहिए वर माँग लीजिए।'

कश्यप ने झुककर कहा—जन्म-जन्म तक आपके चरणों में मेरा मन रमा रहे।

भगवान ने कहा—बस इतना ही? अरे, कुछ और माँगो। इस पर कश्यप को बड़ा संकोच हुआ। वह बोले—आप ही के समान तेजस्वी पुत्र चाहता हूँ।

भगवान ने कहा—एवमस्तु। मगर मैं अपनी तरह दूसरी सन्तान भला कहाँ ढूँढूँगा? स्वयं ही जब-जब जन्म लूँगा तो आपके यहाँ ही अवतार लूँगा। त्रेतायुग के अन्त में जब आपके सूर्यवंशी राजा होकर जन्म लेंगे तब भी मैं आपका पुत्र होऊँगा।

इसके बाद भगवान ने अदिति से पूछा तो उन्होंने कहा—जो वर आपने उनको दिया, मेरे लिए वही काफी है।

दशरथ के रूप में कश्यप और कौशल्या के रूप में अदिति ने जन्म लिया था। उनकी दूसरी रानी कैकेयी थी और तीसरी सुमित्रा थी। तीनों एक से एक सुन्दरी, एक से एक चतुर थीं। राजा स्वयं ही बड़े धर्मात्मा और उदार प्रकृति के थे। देवताओं के राजा इन्द्र से उनकी गाढ़ी मित्रता थी। लड़ाई के समय उन्होंने कई बार इन्द्र की सहायता की थी।

कैकेयी को राजा बहुत मानते थे। वह थी भी चतुर और बहादुर। उसने कई बार दशरथ के प्राण बचाए थे। ऐसी दशा में दो एक घटनाओं का जिक्र कर देना अप्रासंगिक न होगा।

किसी युद्ध में राजा के रथ की धुरी से चक्का निकल गया। कैकेयी साथ थी। राजा तो तीर चलाने में व्यस्त थे, परन्तु कैकेयी ने आसन्न संकट को देखा। रथ से उतरकर और पहिये की जगह धुरी में अपना कंधा लगा दिया। लड़ाई समाप्त होने पर दशरथ ने कैकेयी को जब उस स्थिति में देखा तो वह दंग रह गए। फौरन रानी की चिकित्सा कराई गई। प्रसन्न होकर राजा ने कैकेयी से कहा—तुमने मेरे प्राणों की रक्षा की है। हमारे राज्य में ऐसी कोई भी चीज नहीं जो मैं तुम्हें दे न सकूँ। माँग लो, जो चाहो।

रानी ने कहा—प्राणनाथ ! इस दासी से यदि रत्ती भर भी आपका उपकार हुआ तो यह दासी अपने जीवन को सफल समझेगी। आप सकुशल युद्ध से निकले और विजयी हुए, मेरे लिए इससे बढ़कर अच्छा वरदान भला और क्या हो सकता है ?

राजा ने फिर भी आग्रह किया—नहीं, कोई न कोई वर तो तुम्हें माँगना ही पड़ेगा।

रानी ने कहा—तो मैं अपने मन के मुताबिक कोई वर आगे माँग लूंगी।

एक दूसरी लड़ाई में दशरथ के शरीर में इतने तीर लगे कि वह छलनी हो गया। घाव ही घाव। जहरीले तीरों ने चुभकर

इतना आघात किया था कि राजा के बचने की कोई सूरत नहीं थी। कैकेयी ने अपने प्राणों की कुछ भी परवाह नहीं की। घावों के विष को उसने अपने मुँह से चूस लिया। इस तरह अपने पति की जान बचाई। इस बार भी राजा ने कैकेयी से आग्रह किया—वर माँगो। रानी ने पहले की भाँति ही उत्तर दिया—तुम बच गए, यही क्या कम है ? राजा ने बार-बार आग्रह किया तो रानी बोली—अच्छा, तो कभी फिर माँग लूंगी।

कैकेयी ने राजा दशरथ के प्राण बचाए थे और उनके देहान्त का भी कारण वही हुई। जिन दो वरों को उसने सुरक्षित रखा, उन्हीं से आगे चलकर वह भरत को राजा बना सकी और राम को जंगल भेज सकी।

अयोध्यापति महाराज दशरथ के यहाँ किसी वस्तु का टोटा नहीं था, कोई कमी नहीं थी। तीनों रानियाँ एक से एक सुन्दरी थीं। वशिष्ठ जैसे महापंडित कुलगुरु थे। चतुर और कालज्ञ मन्त्रियों की सलाह दशरथ के लिए सुलभ थी। धन-धान्य से भरा पूरा कोशल का राज्य देवताओं के लिए भी ईर्ष्या की वस्तु था। गाय, बैल, घोड़ा, ऊँट, गदहा इन पशुओं से राज्य की पशु-शालाएँ भरी पड़ी थीं। खजाने में सोना, चाँदी, हीरा, जवाहर, मणि, माणिक, मोती, मूँगा भरे पड़े थे। किसी भी चीज की कमी नहीं थी। प्रजा सुखी और सच्चरित्र थी। विद्वान निर्लोभ थे। स्त्रियाँ सरल और सुशील थीं।

सब कुछ था फिर भी अन्धकार था क्योंकि राजा के कोई उत्तराधिकारी नहीं था। यह बहुत बड़ी चिन्ता का कारण था। न राजा को चैन, न राजा को सुख। सभी चिन्तित रहते थे कि बिना सन्तान के इतने बड़े राज्य का क्या होगा ?

चिन्तित और खिन्न राजा दशरथ एक दिन मुनि वशिष्ठ के पास गए और कहा—महाराज, हमारे कुल में पितरों को बूँद भर भी पानी देने वाला आगे कोई दिखाई नहीं पड़ता है। आप

जैसे कुलगुरु के होते हुए सूर्यवंश का इस प्रकार अन्त हो जाय, यह कैसी बात है।

वशिष्ठ ने कहा—राजन, घबराइए नहीं। श्रृंगी ऋषि को बुलाकर पुत्रेष्ठि यज्ञ कराइए। उससे आप पिता बनने का सौभाग्य अवश्य पाइएगा।

राजा लौटकर अयोध्या आए और गुरु के कहने के अनुसार आदरपूर्वक श्रृंगी ऋषि को बुलाया। ऋषि ने यज्ञ का आयोजन किया।

धूमधाम से यज्ञ हुआ। अग्निकुण्ड से एक देवता प्रकट हुए। उनके हाथ में थाली भर खीर थी। सोने की थाली में अपूर्व खीर। देवता ने कहा—महाराज़ यह खीर अपनी रानियों को खिला दीजिएगा।

दशरथ को बड़ी प्रसन्नता हुई, खीर ले जाकर उन्होंने पहुँचा दी। खीर अपने आप दो हिस्सों में बंट गई। पहला कौशल्या को मिला। बाकी खीर भी दो भागों में विभक्त हो गई। उसमें से एक भाग कैकेयी को दिया गया और दूसरा सुमित्रा को मिला। खीर खाने से रानियाँ गर्भवती हुईं।

प्रसव का समय नजदीक आता गया। भीतर बाहर अच्छे-अच्छे शकुन दिखाई देने लगे। आखिर चैत का महीना आ पहुँचा, और...

नवमी तिथि मधुमास पुनीता।
सुकुल पक्ष अभिजित हरि प्रीता॥
मध्य दिवस अति शीत न घामा।
पावन काल लोक विश्रामा॥
सीतल मास सुरभि बह बाऊ।
हर्षित सुर सन्तन मन चाऊ॥
वन कुसुमित गिरि गगन नियारा।
सर्बहिं सकल सरितामृत धारा॥

ऐसे समय में रानी कौशल्या के गर्भ से एक सुन्दर और तेजस्वी शिशु पैदा हुआ। यह समाचार सुनते ही रनिवास की सारी स्त्रियाँ हर्ष से पागल होकर बच्चे को देखने के लिए दौड़ीं। महल भर में प्रसन्नता का सागर उमड़ पड़ा। खुशी के मारे लोग दीवाने हो उठे। छन भर में यह खुशखबरी राजा के कानों तक पहुँची। मंत्रियों ने नगर में डुगडुगी पिटवाकर इस शुभ समाचार को सर्वसाधारण प्रजा तक पहुँचा दिया। राज भवन के द्वार पर नौबत बजने लगी। बधाई देने के लिए प्रजा की अपार भीड़ जुट गई। उत्सव उछाह का अन्त नहीं। खुशी का ओर छोर नहीं। महाराज दशरथ ने याचकों के लिए खजाना खोल दिया।

कुछ समय बाद कैकेयी के गर्भ से भी एक लड़का पैदा हुआ। इस अवसर पर भी उसी प्रकार उत्सव मनाया गया।

ये दोनों ही लड़के साँवली सूरत के थे। दोनों की शक्ल मिलती-जुलती थी।

इसके उपरान्त सुमित्रा के गर्भ से दो पुत्र उत्पन्न हुए। प्रसन्नता के मारे दशरथ नाचने लगे। जो एक लड़के के लिए तरस रहा था, उसे चार-चार पुत्रों का पिता होने का अवसर मिला। इसी को भाग्य कहते हैं। सारी अयोध्या आनन्दसागर में गोते खाने लगी। एक-एक आदमी खुशी के मारे पागल हो रहा था। ऋषि, मुनि, देवता सब प्रसन्न थे।

बड़े का नाम रामचन्द्र पडा। दूसरे का भरत। तीसरे का लक्ष्मण और चौथे का शत्रुघ्न नाम पड़ा। कहा जाता है, चारों राजकुमार भगवान के अंश थे। कश्यप और अदिति को दिया हुआ वरदान इस रूप में संसार के सामने आया।

राम बहुत ही सुन्दर थे। उनकी साँवली सूरत की उपमा नीलकमल, नीलम और सावन के काले बादल से दी जाती थी।

भगवान का यही रूप देखकर कश्यप मोहित हो गए थे। 'मैं आप ही जैसी सन्तान चाहता हूँ।'

बचपन

चारों राजकुमार शुक्लपक्ष के चन्द्रमा की भाँति बढ़ने लगे। उनकी सुन्दरता सबका मन मोह लेती थी। सभी उन्हें गोद में लेने के लिए तरसते रहते थे। इस गोद से उस गोद में, इस कन्धे से उस कन्धे पर। और जब वे ठुमक-ठुमक कर चलने लायक हुए तो लोग अपनी उँगली उनकी ओर बढ़ा देते थे और वे उसे पकड़कर मचल-मचल कर चलने लगते।

उन चारों भाइयों में आपस में भी बड़ा प्रेम था। साथ खेलते, साथ खाते, साथ ही उठते-बैठते और साथ-साथ सोते भी थे। एक के भी अभाव में बाकी तीनों विकल हो जाते। राजा और रानियाँ सभी के दिन बड़ी आसानी से कट रहे थे। उनके मनोरथ कुमारों का रूप धर धरती पर उतर आए थे। उनकी आशा साकार हो सामने खड़ी थी।

कभी-कभी दशरथ और कौशल्या आदि को यह बात भली भाँति मालूम होने लगती थी कि ये चारों कुमार और बच्चों की अपेक्षा कुछ विलक्षण प्रकृति के हैं। उनकी हँसी-खुशी, उनकी बोली-बाणी, उनके रंग-ढंग दूसरे बच्चों की तरह के न थे। ऐसा लगता था कि आगे चलकर ये चारों राजकुमार बड़ा ही नाम करेंगे। यश, प्रतिष्ठा, बहादुरी और समृद्धि में इनका मुकाबला कोई भी नहीं कर सकेगा।

इनमें से रामचन्द्र तो और भी विलक्षण थे। कई बार उन्होंने अपनी चेष्टा से सज्जन परिजन को चौंका दिया। उनकी लीलाओं से बहुधा लोग भ्रम में पड़ जाते थे।

एक बार कौशल्या ने नहला धुलाकर राम को पालने में लिटा दिया और स्वयं पूजा-पाठ के लिए चली गईं। देवता को अर्पित करने के लिए बहुत सारी सामग्रियाँ तैयार की गई थीं। मगर रानी ने जब देखा कि बालक रामचन्द्र उन सामग्रियों पर अपना हाथ साफ कर रहे हैं तो आश्चर्य में डूब गईं। वह घबड़ाकर रामचन्द्र को वहाँ देखने गई जहाँ लिटा आई थीं। परन्तु पालने पर पूर्ववत् रामचन्द्र लेटे पड़े थे। अब कौशल्या फिर वापस आई पूजागृह की ओर। यहाँ भी राम भोग पा रहे थे। रानी बहुत घबराई। बेचैन होकर बेचारी ने चार चक्कर लगाए। जहाँ जाती, वहीं राम मिलते। अन्त में डर के मारे रानी का शरीर काठ हो गया। फिर अपनी माँ पर राम को दया आई और अपना असली रूप उन्होंने प्रकट कर दिया। कौशल्या को अपने पुत्र के विराट रूप में समूचा ब्रह्माण्ड दिखाई दे गया। राम के समझाने बुझाने पर कौशल्या की घबराहट दूर हुई। अपनी लीला समेटते हुए राम ने कहा 'माँ इन बातों की चर्चा किसी से न करना।'

दूसरी घटना काकभुशुण्डी के सम्बन्ध में है। राम जब तक बालरूप में रहे तब तक सभी देवता अयोध्या में ही रहे। बालक राम ही उनके इष्ट देवता थे। भुशुण्डी कौवे का रूप धरकर राम के खेलों को देखा करते। राम ही का जूठन खाने से उनका निर्वाह होता। रामचन्द्र को भी भुशुण्डी के साथ खेलने में आनन्द आता। एक दिन राम ने भुशुण्डी को पकड़ना चाहा तो वह उड़ गए। राम रोने लगे तो भुशुण्डी को सन्देह हुआ—भगवान का अवतार क्या ऐसा हो सकता है? इस प्रकार का मोह उत्पन्न होते ही भुशुण्डी का सारा ज्ञान गायब हो गया। राम ने उन्हें पकड़ना चाहा और वह भागे। ब्रह्माण्ड भर में कोई ऐसा स्थान बच न गया जहाँ भागकर भुशुण्डी न पहुँचे हों। किन्तु जहाँ कहीं भी भुशुण्डी गए वहीं उन्हें दिखाई दिया कि

बालक राम दोनों हाथ से मुझ पकड़ने वाले ही हैं। घबड़ाकर भुशुण्डी राम की शरण में आए। राम ने उनको अपने पेट में डाल लिया। फिर कुछ देर बाद निकाल दिया। अब भुशुण्डी ने राम के असली स्वरूप को समझा। उपदेश देकर रामचन्द्र ने उन्हें बिदा किया।

इस प्रकार की घटनाओं से रामचन्द्र का बचपन भरा पड़ा है।

कुछ ही दिनों में चारों भाई पढ़ने के लिए गुरुकुल की निगरानी में रख दिए गए। अक्षरज्ञान, व्याकरण, वेद और अस्त्र-शस्त्रों की शिक्षा···यही उन दिनों की पढ़ाई थी। इस तरह उनकी शिक्षा आगे बढ़ने लगी और राजकुमार शुक्लपक्ष के चन्द्रमा की भाँति बढ़ने लगे। चारों की प्रकृति अलग-अलग होते हुए भी कुल मिलाकर वे राजा दशरथ के बड़े योग्य उत्तराधिकारी हो रहे थे।

राजा दशरथ के पास न तो सुयोग्य विद्वानों की कमी थी, न चतुर मंत्रियों की ही। इसके अतिरिक्त बूढ़े और अनुभवी नागरिक उनके दरबार में आते ही रहते थे। चतुर देहाती और जंगली जातियों के सरदार भी राजा दशरथ की राज सभा में उपस्थित रहते थे। इन सभी के पके हुए अनुभवों का उत्तराधिकार राजकुमारों को प्राप्त था।

विश्वामित्र के साथ

महर्षि विश्वामित्र को जब राक्षस तंग करने लगे तो वे अयोध्या पहुँचे। राजा दशरथ ने उनका बड़ा ही स्वागत किया और पूछा—'महाराज, कैसे कृपा की ?'

विश्वामित्र ने कहा—'राजन्, हमने एक महायज्ञ आरम्भ

किया है। रावण के अनुचर मारीच और सुबाहु बड़ा ही विघ्न मचा रहे हैं। उनकी माँ का नाम है ताड़का। वह भी उत्पात करने में अपने लड़कों से पीछे नहीं रहती। वह किसी युग में अत्यन्त सुन्दरी स्त्री थी। मगर एक मुनि के शाप से राक्षसी हो गई। उसका शरीर ताड़ जैसा लम्बा है। मुँह विकराल, शक्ल-सूरत भयंकर। हाथ-पैर डरावने। अपने आसपास के जीव-जन्तुओं को कई बार उसने खा पचा डाला है। सो, महाराज, मेरा अनुष्ठान कैसे पूरा होगा ?'

दशरथ ने कहा—यदि आपकी आज्ञा हो, यह दास स्वयं चलकर आपके यज्ञ की निगरानी करेगा।

महर्षि थोड़ी देर चुप रहे। फिर उन्होंने गम्भीर स्वर में कहा—नहीं महाराज, आपसे नहीं होगा। तथापि आप चाहें तो मेरा पुरश्चरण सम्पन्न हो सकता है।

राजा को बड़ा विस्मय हुआ। उनकी समझ में नहीं आया किस प्रकार की सहायता विश्वामित्र को चाहिए। राक्षस यज्ञ करने नहीं दे रहे तो मैं स्वयं चलकर उनका मुकाबला करूँगा और मुनि निश्चिन्त होकर अपना यज्ञ सम्पन्न करेंगे, परन्तु कहते हैं, मुझसे यह नहीं होगा। और फिर यह भी कहते हैं कि मैं चाहूँ तो उनका काम हो सकता है।

राजा दुविधा में पड़े थे कि मुनि ने कहा—राजकुमार रामचन्द्र को आप मेरे साथ कर दीजिए, वह अकेले ही राक्षसों का संहार कर देंगे।

दशरथ को यह सुनते ही मानों दांती लग गई। भला, जो काम मुझसे न होगा, वह एक बच्चे से कैसे होगा। अभी जिसके बीस भी पूरे नहीं हुए वह उन राक्षसों के सामने खड़ा भी कैसे रह सकेगा।

बूढ़े राजा बड़ी दुविधा में पड़े।

मुनि राजा की इस दुविधा को ताड़ गए। उन्होंने कहा—

महाराज, अपने बालक को आप साधारण बालक मत समझिए। इन बच्चों के अन्दर बहुत बड़ी शक्ति मौजूद है। जो शक्तिशाली है, उनकी उम्र नहीं देखी जाती। बल्कि उनका काम देखा जाता है। आप रत्ती भर भी दुविधा में न पड़िए और अपने बड़े राजकुमार को बेखटके मेरे हवाले कर दीजिए।

राजा के कानों में मुनि की यह बात जलती हुई खूँटी की तरह बड़ी मुश्किल से भीतर धँसी। वह अचेत हो गए। मन्त्रियों ने मुनि से कहा—प्रभु, सोचने के लिए राजकुल को दो एक रोज का अवसर दीजिए। आप इतनी दूर से चलकर आए हैं, तब तक दो एक दिन आराम करें।

महल में जब रानियों ने यह बात सुनी तो उनका कलेजा फटने लगा। अभी तक गेंद की तरह जिन्हें वे हाथों पर उछालती रहीं, सुग्गे की तरह जिन्हें अभी तक वे एक-एक बात पढ़ाती रहीं, छन भर भी वे जिनको अपनी निगाह से ओझल नहीं होने देना चाहती थीं—वही रामचन्द्र इस प्रकार के संकट में पड़ें—यह सोचना तक रानियों के लिए असह्य था।

आखिर वशिष्ठ को बुलाया गया। उनकी राय ली गई।

वशिष्ठ का विचार था कि राम और लक्ष्मण दोनों कुमार विश्वामित्र के साथ जाएँ। विश्वामित्र जब खुद राम को लेने आए हैं तो ज़रूर कुछ सोचकर ही आए होंगे। यह साधारण ऋषि तो हैं नहीं ! स्वयं उनके अन्दर अपार क्षमता निहित है। कोई हर्ज नहीं, राम को उनके साथ जाने देना चाहिए। हाँ, लक्ष्मण भी साथ जाएँ।

वशिष्ठ ने एक-एक करके सबको समझाया—दशरथ को कौशिल्या को, कैकेयी और सुमित्रा को। मन्त्रियों को भी समझाया।

कई दिन हो गए थे, विश्वामित्र को जल्दी पड़ी थी।

राजा ने अपने कुलगुरु महामुनि वशिष्ठ को आगे करके

विश्वामित्र से कहा—भगवन्, आप जैसे अतिथि के पैरों की धूल हमारे राजपाट से बढ़कर है। आप स्वयं राजभवन में पधारें। कृतज्ञता प्रकट करने के लिए हमें कोई भी शब्द नहीं सूझ रहा है। कुमार राम और लक्ष्मण दोनों को मैं आपके चरणों पर निछावर करता हूँ। आज से ही आप इनके माँ-बाप हैं।

कहते-कहते दशरथ की आँखों में आँसू छलक आए, घिग्घी बँध गई।

तब गुरु वशिष्ठ उनकी ओर से हाथ जोड़कर बोले—मुनि, आप त्रिकालदर्शी हैं। स्वयं सभी के हृदय की बात जानते हैं। विशेष कुछ कहना बेकार है। फिर भी इस राजकुल के प्रति जो एक प्रकार की ममता मेरे चित्त में स्वाभाविक रूप से सदैव बनी रहती है, उससे बाध्य होकर ही मैं दो एक बात श्रीमान् से निवेदन करना चाहता हूँ। बात यह है कि राजा दशरथ ने बड़ी कठिनाई के बाद बुढ़ापे में इन पुत्रों का मुँह देखा है। ये इन्हें प्राण से भी प्यारे हैं। कुमारों का एक-एक रोम वृद्ध राजा के लिए अनमोल है। आज तक बराबर यह राजा की आँखों के आगे खेलते-मचलते रहे। इन पर कभी किसी तरह की जिम्मेवारी नहीं सौंपी गई और आज एकाएक इन्हें आप जंगलों में ले जा रहे हैं। महाराज, राक्षस बड़े ही मायावी होते हैं। उनसे पार पाना कितना कठिन है, सो आपसे छिपा नहीं है। ऐसी स्थिति में हमारी अपेक्षा आप स्वयं ही सोच सकते हैं।

रामचन्द्र के शरीर पर ममतापूर्वक अपना दाहिना हाथ फेरते हुए विश्वामित्र ने मुनि वशिष्ठ की ओर देखा और कहा—बन्धुवर, आप स्वयं महान् तपस्वी हैं। साधना में विघ्न उपस्थित होने पर साधुओं के चित्त की स्थिति कैसी हो जाती है, यह बात आपसे छिपी नहीं होगी। जब और कोई भी उपाय नहीं रह गया तभी मेरे मन में रामचन्द्र से सहायता लेने का ख्याल आया। इन कुमारों की अमंगल की कल्पना तक मुझे असह्य होगी। इस

तरुण राजकुमार को राजा दशरथ साधारण कुमार समझते हैं, इसीलिए इनका मन इतना उद्विग्न हो रहा है। महामुनि, इन कुमारों की सुरक्षा का आश्वासन मैं आपको देता हूँ। राजकुल को समझा-बुझाकर इस विषय में आप निश्चिन्त कर दें।

वशिष्ठ ने अन्त में कहा—भगवान् से यही प्रार्थना है कि आप जैसे विशिष्ट व्यक्तियों की दयादृष्टि इस कुल पर पड़ती रहे।

गुरु को, पिता को और माताओं को प्रणाम करके दोनों राजकुमार विश्नामित्र के पीछे-पीछे चले। उन्होंने और कोई सामग्री हाथ में नहीं ली। केवल धनुष लटका लिए थे। तीरों से भरा तरकस पीछे बाँध लिया था।

कुछ दूर जाने पर उन्हें सरयू नदी मिली। वहाँ विश्वामित्र ने कुमारों को दो मन्त्र बताए। बला और अतिबला। इन मन्त्रों में विशेषता यह थी कि युद्ध में न तो थकावट मालूम होती और न फुर्ती की कमी। कुछ आगे बढ़ने पर सरयू नदी को उन्होंने उस जगह पार किया जहाँ वह गंगा से मिलती थी। पार होते ही विश्वामित्र का अपना तपोवन का इलाका आ गया।

उन जंगलों में ताड़का का बड़ा आतंक था। उसकी नाक इतनी तेज थी कि हवा में गन्ध पाकर ही वह अपने शिकार को ताड़ जाती थी।

मनुष्य की गन्ध को पाकर आँधी की भाँति इनकी ओर वह दौड़ी। उसे आते देखकर विश्वामित्र ने कहा—यह आई। बेटा, इसे मार गिराओ।

राम ने ऐसा तीर छोड़ा कि वह धड़ाम से औंधे मुँह धरती पर गिर पड़ी और थोड़ी देर में दम तोड़कर मर गई।

विश्वामित्र को अपार प्रसन्नता हुई। उन्हें अपने सपने पूर्ण होने में तनिक भी बिलम्ब नहीं दिखाई दिया।

रात हो जाने पर तीनों ने जंगल में ही पड़ाव डाला। इधर-

उधर से सूखी लकड़ियाँ बटोरकर आग जलाई गई। कुमारों ने कन्द मूलों से व्यालू किया। मुनि सिर्फ पानी पीकर रह गए।

अगले दिन मुनि अपने आश्रम पहुँचे। देखा यज्ञ की वेदी तहस-नहस कर दी गई है। अग्नि-कुण्ड का बुरा हाल है। मंडप टूटा पड़ा है।

मुनि ने राम से कहा—बेटा, देखते हो? इससे बढ़कर और भला क्या उपद्रव होगा? चार ही पाँच दिन मैं यहाँ से अनुपस्थित रहा हूँ, इसी बीच दुष्टों ने कैसा ताण्डव मचा दिया।

राम और लक्ष्मण यह सब देखकर बड़े दुखी हुए।

राम की आँखें एकटक उस दृश्य को देखती रह गईं। रोष के आवेश में लक्ष्मण के ओंठ फड़कने लगे। विश्वामित्र का चेहरा बड़ा ही गम्भीर हो गया था।

फिर नए सिरे से मुनि ने यज्ञ का आयोजन किया। राजा दशरथ के दोनों कुमार रात-दिन उस अनुष्ठान की निगरानी करने लगे।

अपनी माँ के मारे जाने से मारीच और सुबाहु दोनों ही राक्षस बेहद क्रोधित हो रहे थे। उनके और भी बहुत-से चेला चांटी थे।

मुनि को पुनः अपनी साधना में लीन देखकर उनका पारा चढ़ गया। वे फिर उपद्रव करने लगे। परन्तु राम और लक्ष्मण ने अबकी बार उनके सारे मनोरथों को खण्डित कर दिया। महर्षि विश्वामित्र स्वयं भी अपने पहले जीवन में बहुत बड़े लड़ाकू मशहूर तीरन्दाज रहे। राम को उन्होंने तीरन्दाजी के कई अचूक गुण बता दिए थे। लक्ष्मण ने भी कई बातें उनसे सीख ली थीं। नतीजा यह हुआ कि यज्ञ में विघ्न पैदा करने वाले सभी राक्षस दोनों राजकुमारों द्वारा एक-एक कर मार डाले गए। मारीच घायल होकर भाग खड़ा हुआ।

विश्वामित्र ने अपने संकल्पित यज्ञ को विधिपूर्वक सम्पादित

किया। अन्त में छाती से लगाकर राम और लक्ष्मण को बधाई दी। आशीर्वादों का अन्त न था।

धनुष यज्ञ

चलो बेटा, मिथिला की ओर—विश्वामित्र की आज्ञा हुई।

इससे पहले ही कुमारों को मिथिला के राजा जनक की कथाएँ मालूम हो चुकी थीं। अब, मुनि के मुँह से वहाँ चलने की बात सुनकर उन्हें बड़ी खुशी हुई।

दोनों विश्वामित्र के पीछे हो लिए।

पहले उन्होंने मगध देश का भ्रमण किया। उसके बाद वे गंगा पार हुए।

कई दिन चल चुकने पर तीनों गौतम ऋषि के आश्रम में पहुँचे।

यहाँ विश्वामित्र ने एकान्त में बुलाकर राम से कहा—बेटा ! पत्थर में जान डालनी होगी।

पत्थर में—राम अकचकाए।

मुनि ने राम की आँखों में अपनी आँखें मानो गड़ा दीं और कहा—हाँ बेटा, पत्थर में।

राम को गुम-सुम पाकर विश्वामित्र ने विस्तार से वह सारा प्रसंग उन्हें बताया जिसका सम्बन्ध महामुनि गौतम की अभिशप्त पत्नी अहिल्या से था।

सारी बात सुनकर समझकर राम बोले—तो, वह मेरी प्रतीक्षा में मूर्छित पड़ी हैं।

मुनि ने कहा—हाँ बेटा, चलो, जल्दी करो।

गौतम मुनि का आश्रम क्या था, आम के बड़े-बड़े पेड़ों का ख़ूबसूरत बाग था। महर्षि गौतम ने अपने ही हाथों से पानी दे

देकर आम के इन पेड़ों को पाला-पोसा था। अब आसपास के जीव-जन्तु इस तपोवन से तरह-तरह के लाभ उठाते थे।

बाग के एक ओर बरगद का एक झमटगर वृक्ष था। उसी के नीचे पथराई स्थिति में अधेड़ उम्र वाली मानवी लेटी पड़ी थी। लगता था एक स्पंदनहीन अचेतन मानवी ढाँचा जाने कब से उपेक्षित पड़ा है।

विश्वामित्र का संकेत पाकर राम और लक्ष्मण दोनों पाषाणी की परिचर्या में जुट पड़े।

तलवे से लेकर माथा, माथे से लेकर तलवा। अहिल्या के सम्पूर्ण शरीर पर न जाने रामचन्द्र कब तक अपना हाथ फेरते रहे। सुध-बुध खोकर वह उस अभिशापित नारी की सेवा-शुश्रूषा में निमग्न हो गए। मुनिपत्नी की परिचर्या में अपने अग्रज को इस भाँति लवलीन पाकर लक्ष्मण ने अपने को भाई की निगरानी में लगा दिया।

बड़ी देर बाद पाषाणी में चेतना का संचार हुआ। उसके ओठ फड़कने लगे। गड्ढे में धँसी आँखों में टिमटिमाहट पैदा हुई। सूखी पथराई नसों में स्पंदन लक्षित होने लगा।

राम को अपनी इस सफलता पर अपार प्रसन्नता हुई। उन्होंने लक्ष्मण से कहा—दौड़ो लखन, गुरु महाराज को बुला लाओ !

विश्वामित्र आए तो अहिल्या को सचेतन देखकर आनन्दित हुए।

मैंने तो पहले ही कहा था—राम की पीठ ठोकते हुए विश्वामित्र बोले—'क्यों, अपने को तुम साधारण राजकुमार मानते हो और अब भी ?'

संकोच से राम की गर्दन जरा झुक गई और गर्व से लक्ष्मण का माथा ऊपर उठ गया।

अहिल्या के स्थान से जनकपुर नजदीक ही था। अगला

पड़ाव उन लोगों का जनकपुर के पास ही पड़ा।

विश्वामित्र के आने का समाचार बिजली की तरह समूची मिथिला में फैल गया। राजा जनक ने अपने पुरोहित शतानन्द को विश्वामित्र के स्वागत के लिए भेजा।

यह शतानन्द अहिल्या की कोख से उत्पन्न, महामुनि गौतम के ही पुत्र थे। उन्होंने जब अपनी माँ के उद्धार की बात सुनी तो बड़े प्रसन्न हुए।

उन्हीं के मुख से कुमारों को सीता के स्वयंबर के होने वाले समारोह का हाल मालूम हुआ।

विश्वामित्र को विश्वास हो चुका था कि सीता के योग्य पति रामचन्द्र ही हो सकते हैं। इधर राक्षसों का संहार हो चुकने पर तो उनका यह विश्वास और दृढ़ तथा निश्चित हो गया था।

मिथिला के राजा जनक की इस अनोखी राजकुमारी के सम्बन्ध में दूर-दूर तक अनेक प्रकार की किंबदन्तियाँ फैल रही थीं। इस विचित्र लड़की की उत्पत्ति भी अनूठे ढंग से हुई थी। कहते हैं कि जनक वंश के राजा सीरध्वज को हल जोतते समय एक दिन मुंदा हुआ घड़ा खेत में मिला। घड़ा खेत में दबा पड़ा था। एकाएक फार की नोक उससे टकरा गई तो राजा ने बड़ी सावधानी से उसे धरती से निकाला। क्या था घड़े में?

घड़े में खून भरा था, जाने कब का जमा हुआ। ऊपर मजबूती से ढक्कन बैठाया हुआ था। पुरानी अनुश्रुतियों के अनुसार यह वही खून था जिसे कभी राक्षसराज रावण ने ऋषियों से टैक्स के रूप में वसूल किया था। जमा हुआ वही रक्त अब सीता की उत्पत्ति का हेतु हुआ।

यह लड़की इसीलिए "अयोनिसम्भवा" कही जाने लगी। इसका मतलब यही है कि उसकी पैदायश स्त्री से नहीं हुई थी।

बचपन से ही सीता अपनी विचित्रताओं के लिए प्रख्यात

हो गई। छोटी उम्र में ही उसने शिवजी का भारी भरकम धनुष उठा लिया था। राजा जनक ने प्रतिज्ञा की कि जो कोई इस धनुष पर डोरी चढ़ा देगा, उसी के साथ सीता ब्याही जाएगी।

वस्तुतः शिवजी का यह धनुष बड़ा ही पुराना, बहुत ही भारी था। जाने कब से, कितने युगों से मिथिला की राजधानी में वह इसी भाँति पड़ा था।

सीता के योग्य वर की चिन्ता राजा जनक को परेशान किए हुए थी। देश-विदेश के राजाओं की ओर से सन्देश ले-लेकर दूत आते रहते थे। यहाँ तक कि लंका का राजा रावण भी सीता के लिए अपनी अभिलाषा प्रकट कर चुका था।

बहुत सोच-समझकर अन्त में राजा जनक ने निश्चय कर लिया।—ऐसे नहीं हमारी प्रतिज्ञा को जो कोई पूर्ण करेगा उसी को सीता मिल सकती है। किसी के दबाव में आकर उसे अपनी लड़की सौंप दूँ। यह तो मुझसे नहीं होगा।

सीता अब सयानी हो रही थी और अधिक दिनों तक उसके भाग्य को अनिश्चित स्थिति में लटकाए रखना राजा को असह्य लगा और उन्होंने राजाओं के नाम आमन्त्रण भेजा—स्वयंवर की सूचना।

ऐसे ही अवसर पर विश्वामित्र ने अवध के उन दो राजकुमारों के साथ मिथिला की सीमा में प्रवेश किया था।

राजा जनक ने, उनके मन्त्री ने और राज दरबार के दूसरे लोगों ने भी जब राम और लक्ष्मण को देखा तो उन पर लट्टू हो गए। उनकी बहादुरी सुनकर तो जनक को विश्वास हो गया कि इसी तरुण के भाग्य में सीता जैसी सहचरी का होना विधाता ने लिख रखा है।

उधर स्वयंवर की तैयारियाँ चल रही थीं, इधर विश्वामित्र अपने नवयुवक शिष्यों को मिथिला के विशिष्ट स्थानों का परि-

दर्शन करा रहे थे।

तिरहुत की हरी-भरी भूमि, नीला और निखरा आसमान, दोरस ब्यार कोमल प्रकृति के लोग अवध के इन राजकुमारों को बड़े ही अच्छे लगे। इससे पहले उन्होंने कोसों तक फैले हुए धान के लहलहाते खेत कहाँ देखे थे। नील निविड़ आकाश के सीमान्त को दिशाओं के छोर से एक आकार बना देने वाले आम के अपार उद्यान इससे पहले उन्होंने कहाँ देखे थे? काँच जैसे नीलाभ और पारदर्शी पानी के अटूट भण्डार इतने बड़े-बड़े पोखर इससे पहले उन्होंने कहाँ देखे थे?

महर्षि विश्वामित्र का समय या तो अपने जैसे बूढ़े लोगों से मिलने में जाता या फिर जिज्ञासु जनों की उत्कंठाओं को शान्त करने में।

वे राजा के मेहमान थे। जहाँ जाते, प्रजा और अधिकारी उनकी सुख-सुविधाओं का सामान जुटाने में अपने को कृतकृत्य मानते।

जनकपुरी में फूल और फल के बड़े-बड़े बाग थे। ऋषियों से मानो सारी मिथिला भरी पड़ी थी। दोनों राजकुमार जहाँ चाहें बेरोक, बेखटके घूम फिर सकते थे। जाने कितनी बार राजघराने की सुन्दर और सुशील कुमारियों से राम और लक्ष्मण की आँखें चार हुईं।

सीता प्रतिदिन प्रातःकाल गौरी की पूजा करने बाहर निकलती थी। बाग में एक ओर पोखर के मिन्डे पर शंकर और पार्वती के मन्दिर थे। राम ने कई बार सीता को गौरी की पूजा में लवलीन पाया था। उनमें एक-दूसरे के प्रति काफी आकर्षण पैदा हो गया था। राम के गुण भी मिथिला के लोगों की चर्चा के केन्द्र बन गए थे। दोनों की जोड़ी भी अनूठी थी। एक श्यामल किशोर तो दूसरी कंचन लता।

सभी लोग हृदय से यह चाहने लगे कि होने वाले स्वयंबर

समारोह में कोशल कुमार रामचन्द्र ही राजाकी प्रतिज्ञा पूरी करें।

स्वयंवर के लिए जिस दिन सभा रखी गई थी, उस दिन देश देशान्तर के राजा और राजकुमार एकत्र थे। सीता उस समारोह में मौजूद नहीं थी। उम्मीदवार राजा लोग धनुष उठाने और उस पर रोदा चढ़ाने में अपनी ताकत आजमा रहे थे। मगर शिवजी के इस कमान को उठा लेना और उस पर चिल्ला चढ़ाना कोई खेल नहीं, बड़ा ही कठिन काम था।

सभी राजा कोशिश करके थक गए, किन्तु धनुष अपनी जगह से हिला तक नहीं। ऐसा लगता था कि राजा जनक की वह कड़ी शर्त पूरी न होने की वजह से सीता कुँवारी ही रह जायगी। जनक को पहले तो खेद हुआ फिर क्रोध। उन्होंने उठकर राजाओं को फटकारा और कहा—

अब जनि कोउ भाखै भट मानी।
बीर विहीन मही मैं जानी।
तजहु आस निज निज गृह जाहू।
लिखा न विधि वैदेहि बिवाहू॥

राजा जनक की फटकार सुनकर राजाओं की आँखें नीचे को झुक गईं। राम की आकृति बड़ी ही गम्भीर हो रही थी। विश्वामित्र भी पशोपेश में पड़े हुए मालूम होते थे। आखिर लक्ष्मण से न रहा गया। खड़े होकर वह बोले, 'मिथिलेश' समूचे संसार को हिजड़ा कहना आपको शोभा नहीं देता। धरती तो खैर बहुत बड़ी है, दूर-दूर तक फैली हुई है। एक से एक शूरवीर धरती पर मौजूद हैं। यहाँ भी उस तरह के लोग हैं जो अपनी वीरता का भली-भाँति परिचय दे सकते हैं। यदि महामान्य विश्वामित्र और आदरणीय अग्रज कौशिल्यानन्दन रामचन्द्र आज्ञा दें तो मैं इस धनुष को फूंक मारकर तिनके की तरह उड़ा दूं।—मैं शपथ पूर्वक कहता हूँ कि यदि अपने इन गुरुजनों का आदेश मिले तो इस पके पथराये कमान को खण्ड-खण्ड कर दूं।'

लक्ष्मण की वह ललकार राजाओं के लिए चुनौती थी और जनक के लिए खुला ऐलान था।

विश्वामित्र ने अवसर देखकर राम से कहा—'बेटा, पार्वती पति देवाधिदेव भगवान चन्द्रशेखर शिव का यह धनुष तुम्हारी ही प्रतीक्षा में अचल पड़ा है, उठो।'

रामचन्द्र उठे। मुनि के पैरों को छूकर शेर की चाल से उधर बढ़े, जहाँ धनुष रखा हुआ था।

सभा में जितने राजा थे उनके आश्चर्य का न ओर था न छोर। उनका ख्याल था कि दशरथ का यह छोकरा भला किस भाँति इस पहाड़ को उठाएगा। बूढ़े विश्वामित्र की विवेक बुद्धि पर कुहासा छा गया है और, उस छोटे छोकरे की तो हिमाकत देखो जो अभी-अभी स्वयं जनक तक को फटकार बैठा है।

बात भी ठीक थी। रावण तक जिसे हिला न सका, वह सत्रह-अठारह साल की कच्ची उम्र के छोकरे से कैसे उठेगा?

राजाओं की समझ में कुछ आ ही नहीं रहा था। जनक खुद भी हकबकाए हुए बैठे थे। हाथ पर हाथ धरे कि इतने में रामचन्द्र धनुष के बिलकुल करीब पहुँचे।

सबकी आँखें उनकी साँवली सलोनी सूरत पर गड़ी हुई थीं। साधारण दर्शक लोग उत्कंठा की पराकाष्ठा पर पहुँच गए थे। उनके मन में अयोध्या के इस तरुण राजकुमार के प्रति एक प्रकार का पक्षपात उत्पन्न हो गया था। वे हृदय से चाहते थे कि यह लड़का धनुष को उठा ले। एक प्रकार की सहज आस्था उनके चित्त को उस श्यामल किशोर के प्रति शुभ कामनाओं से आप्लावित कर रही थी।

राम ने बिना किसी उद्वेग के, धनुष में हाथ लगाया, गौर से उसे देखा और फिर उठाने की कोशिश की। सिंह जिस भाँति जंगली हाथी पर झपट्टा मारने के पहले अपनी सारी शक्ति को नाभि में केन्द्रित कर लेता है उसी भाँति रामचन्द्र ने समूचा बल,

अपनी सारी क्षमता, बटोरकर मानो क्षण भर के लिए एकात्म हो गए।

इसके बाद असीम आश्चर्य के साथ लोगों ने देखा, शिवजी का वह अडिग धनुष ऊपर उठ रहा है।

आहिस्ते-आहिस्ते राम ने धनुष को ऊपर उठा लिया। अब वह उस पर चिल्ला चढ़ायेंगे। वह भी ऐंठकर खड़ा हो गया था, इस्पात के तार की तरह।

परन्तु डोरी चढ़ाने से पहले ही धनुष खण्ड-खण्ड हो गया मानों, खस्ता खाजा हो।

आसमान से फूल बरसने लगे। हवा धीमी और ठंडी हो गई। सूरज की किरणें मध्यम पड़ गईं। चौदहों भुवन में शोर मच गया—राम ने शिव के पुराने धनुष को तोड़ डाला। कहते, इतने जोरों से टंकार उठी कि दिग्दिगन्त गहरी प्रतिध्वनि से गूँज उठे।

राजा जनक खुशी के मारे पागल हो गए और राज सिंहासन से उतरकर दौड़े आए। उन्होंने राम को कसकर अपनी बाँहों में ले लिया। वृद्ध ने तरुण के ललाट को परितृप्त होकर चूमा।

शतानन्द और विश्वामित्र के भी आनन्द की सीमा न थी।

राजाओं के चेहरे अप्रतिभ हो रहे थे। लगता ऐसा था कि विभिन्न प्रकार की मनोरम आकृतियाँ एक विराट पट पर अंकित हैं, निस्पन्द।

राम ने नम्रतापूर्वक विश्वामित्र के चरण छुए तथा बूढ़े राजा को अत्यन्त विनीत भाव से नमस्कार किया। शतानन्द को झुककर प्रणाम किया। उपस्थित राजाओं के प्रति दोनों हाथ जोड़कर श्रद्धा का निवेदन किया। अनुज लक्ष्मण की पीठ थप-थपाई।

स्वयंवर की सभा विसर्जित हुई। राम और लक्ष्मण को साथ लेकर राजा महल में गए।

धूमधाम से सीता का पाणिग्रहण संस्कार करने का निश्चय हुआ। राजा दशरथ को आमन्त्रण पत्र भेजा गया। वशिष्ठ को पृथक से आमन्त्रि किया गया। विश्वामित्र वहाँ विद्यमान थे ही।

दशरथ ने दूत के मुँह से जब इस प्रकार का शुभ समाचार प्राप्त किया तो उन्हें इतनी प्रसन्नता हुई कि पहरों तक भूख-प्यास मिट गई। रानियों को भी बड़ी खुशी हुई।

भरत और शत्रुघ्न अपनी भाभी को देखने के लिए विकल हो उठे।

वशिष्ठ और अरुन्धती को भी उतनी ही प्रसन्नता हुई। मन्त्रियों और दरबारियों ने आ-आकर राजा को बधाइयाँ दीं। प्रजा ने उत्सव मनाया।

राजा दशरथ बरात सजाकर रथ पर चढ़कर जनकपुर चले। छोटे दोनों कुमार साथ थे।

बीच में एक दुर्घटना होते होते बची। बात यह थी कि परशुराम ने शिवजी के धनुष की दुर्गति का हाल पाकर बड़ा ही विकराल रूप धारण किया। शिवशंकर परशुराम के गुरु थे। उन्होंने ही इनको धनुर्धारी बनाया था। अस्त्र-शस्त्र चलाने की कलाओं में यह अपूर्व दक्षता परशुराम ने महादेव से ही प्राप्त की थी। इसलिए अपने आचार्य के महान् धनुष की दुर्दशा देखकर क्रोध के मारे वह 'अग्निश्च वायुश्च' हो उठे।

राजा जनक, महाराज दशरथ, महर्षि विश्वामित्र, शतानन्द आदि सभी का चित्त शंकित हो उठा। क्रोधित होने पर परशुराम क्या करेंगे, यह किसी से अविदित नहीं था। क्षत्रियों के प्रति उनका द्वेष-भाव सब भली-भाँति जानते थे।

राजा जनक ने अति विनम्र और भयभीत ढंग से परशुराम को मना लेना चाहा। विश्वामित्र अपने प्रभाव से उनके क्रोध को शान्त कर लेना चाहते थे।

परन्तु परशुराम की रुद्र भंगिमा देखकर किसी ने अधिक

कुछ नहीं कहा।

राम स्वभाव के बड़े कोमल और बोल के बहुत मीठे थे। उन्होंने आगे बढ़कर इस रुद्रावतार महामुनि को प्रणाम किया तो भी इनका क्रोध शान्त नहीं हुआ। गरजकर परशुराम बोले 'छोकरा कहीं का। मेरे गुरु के धनुष के साथ जो खिलवाड़ किया है उसका फल भोगने से तुझे कोई नहीं बचा सकता।'

इतने में झट से आगे बढ़कर लक्ष्मण ने कहा। 'भगवन नाहक ही आप इतना रंज करते हैं। पुरानी चीज थी, आज…नहीं… कल टूटना तो उसे था ही।'

यह सुनते ही परशुराम गुस्से के मारे दाँत कट-कटाने लगे। 'अब निश्चय ही तुम्हारी खेर नहीं। मेरा फरसा बहुत दिनों से प्यासा पड़ा है। आज अवश्य ही उसकी प्यास तुम दोनों के खून से मिटेगी…'

राम ने दोनों हाथ जोड़कर मुनि से कहा—'देव क्रोध शान्त कीजिए। आपकी जो आज्ञा होगी उसके लिए हमें तैयार समझिए। बालक लक्ष्मण की बातों से उद्विग्न होना आपको शोभा नहीं देता।'

राम की नम्रता देखकर उनके शान्त स्वभाव का परशुराम पर बड़ा असर पड़ा। उनके मन में हुआ, मेरी बातों का इस प्रकार उत्तर देना साधारण मनुष्य के लिए सम्भव है। और क्षत्रिय तो सदा से मेरे आगे छागर पाठी की तरह बातें करते रहे हैं। और यह तरुण विनीत होता हुआ भी भय से रहित है। कहीं भगवान ने तो अवतार नहीं लिया है इस रूप में? उनको छोड़कर शिव के इस धनुष को कौन उठा सकता था?

यह विचार मन में आते ही परशुराम ने राम की परीक्षा लेने का निश्चय किया।

परशुराम भी विष्णु के चौबीस अवतारों में से एक थे। उनका काम पूरा हो चुका था। आगे का काम उनसे सपरता

नहीं था। अतएव विष्णु के विशिष्ट अंशों का अवतार होना सृष्टि के लिए आवश्यक था।

परशुराम को निश्चय हो गया कि यह श्यामल किशोर, यह राजीव-लोचन, घुटनों तक लम्बी भुजाओं वाला यह सुन्दर राजकुमार अवश्य ही नारायण का अवतार है। तथापि उन्होंने अपने धनुष को राम के आगे बढ़ा दिया और कहा—चढ़ाओ तो इस धनुष पर डोरी, देखूँ ?

राम ने फुर्ती से उस धनुष पर प्रत्यांचा चढ़ा दी।

तने हुए कमान पर तीर लगाकर रामचन्द्र बोले, मेरा यह तीर व्यर्थ नहीं जा सकता। आप ब्राह्मण हैं मेरे लिए गुरु के समान हैं। तो आप ही बताइए इसका क्या करूँ।

परशुराम को यह आशा नहीं थी कि राम रुद्र रूप धारण करेंगे। उनकी भौंहे तनी देखकर परशुराम डर गए। चेहरा निस्तेज हो गया। उन्हें रत्ती भर भी सन्देह नहीं रहा कि यह असाधारण अलौकिक पुरुष पैदा हुए हैं।

अत्यन्त नम्रतापूर्वक मुनि बोले—हे दशरथ नन्दन, तुमको तुम्हारी शक्तियों को मैं भली-भाँति समझ गया हूँ। तुम युग-युग जियो। भूमण्डल पर जितने भी अशुभ अमंगलकारी राक्षस हैं, उन सभी का तुम्हीं से संहार होगा। मेरे अपराधों को क्षमा करो। इस तीर को उस तपोवन की ओर छोड़ो जहाँ मैं चिरकाल से तपस्या करता रहा।

रामचन्द्र ने वैसा ही किया। परशुराम का तपोवन उस अग्निवाण से जलकर खाक हो गया।

परशुराम ने राम की स्तुति की और चले गए।

महाक्रोधी परशुराम के चले जाने पर सभी को प्रसन्नता हुई।

फिर राजा जनक ने महर्षि विश्वामित्र से पूछा, भगवन्, अब क्या होगा ?

विश्वामित्र बोले, धनुष टूटने के बाद अब राम और सीता का सविधि विवाह होना आवश्यक है।

शतानन्द की पुरोहिताई में विवाह संस्कार सम्पन्न हुआ। मिथिला के लोग इस सम्बन्ध से बड़े प्रसन्न हुए। कुछ समय बाद बारात समेत महाराज दशरथ भी आ पहुँचे। मिथिलेश ने बढ़कर अगवानी की।

दोनों राजा बड़े प्रेम से गले मिले। दशरथ के साथ अयोध्या से बहुत आदमी आए थे। राजा जनक ने सभी को सत्कार पूर्वक ठहराया। तरह-तरह की भोज्य वस्तुएँ तैयार होने लगीं। नाना प्रकार के मेवा मिष्ठान्न फल, मूल, कन्द, मधु-मांस किसी भी वस्तु की कमी नहीं की।

वे नगर के बाहर आम के बागों में तम्बुओं में ठहराए गए थे। उन्होंने इन्हीं को पसन्द किया था।

राजा जनक की एक अपनी लड़की थी। नाम था उर्मिला। दो लड़कियाँ भाई कुशध्वज के थीं। मान्डवी और श्रुतकीर्ति।

उनके साथ लक्ष्मण, भरत और शत्रुघ्न का विवाह करा दिया गया।

अब बिदाई की बारी आई।

राजा जनक ने लड़कियों को तो मानों गहनों से ढक दिया। साथ ही बहुत-सा धन-दौलत दहेज में दिया। दासी, दास, गाय, बैल, भैंस, घोड़ा, हाथी, सब कुछ दिया।

इस प्रकार राजा दशरथ अपने पुत्रों के साथ अयोध्या के लिए बिदा हुए। चलते-चलते दशरश ने कहा—मिथिलेश, आपकी कीर्ति बहुत दिनों से मेरे कानों में गूँज रही थी। महामुनि विश्वामित्र की अनुकम्पा से ही यह सुयोग मेरे जीवन में उपस्थित हुआ कि आप जैसे महान्, अध्यात्मतत्वज्ञाता को मैंने समधी के रूप में पाया। राजन्, इस सम्बन्ध से कोशल का राजवंश कृतकृत्य हो गया।

दोनों हाथ जोड़कर जनक बोले, नहीं, महाराज, ऐसा न कहिए। आपके पुत्र श्री रामचन्द्र ने धनुष तोड़कर न केवल मेरी दुश्चिन्ता ही दूर की, अपित मिथिला के विदेहकल धन्य बना दिया।

कुछ दिन राह में बिताकर महाराज दशरथ पुत्रों और पुत्र-बधुओं समेत अपनी राजधानी पहुँचे।

महल में बड़ी धूमधाम रही। प्रजा ने उत्सव मनाए। रानियों की प्रसन्नता का तो पारावार ही नहीं था। दस-पाँच दिन अयोध्या में बिताकर विश्वामित्र अपने आश्रम को लौट गए।

अभिषेक की तैयारी

दशरथ बहुत ही बूढ़े हो गए थे। काफी उमर बीत जाने के बाद उन्होंने सन्तान का मुँह देखा था। भाग्य से एक नहीं चार-चार लड़कों के वह पिता थे। अब उन्होंने बहुओं का भी मुँह देख लिया।

राजधानी में जोरों से यह चर्चा फैलने लगी कि राम युवराज घोषित होंगे।

राम में युवराज होने की सारी योग्यताएँ विद्यमान थीं। वह धैर्य में हिमालय थे, गम्भीरता में सागर। प्रजा को पूर्ण विश्वास था कि राज्य का भार यदि राम संभालें तो कोशल देश की समृद्धि दिन दूनी रात चौगुनी होती जायेगी।

दशरथ की भी राम के प्रति वह धारणा थी। रानियाँ भी उतावली हो रही थीं कि राज्य के बाहरी और भीतरी भार अब इन्हीं नए कन्धों पर डाल देना चाहिए। मन्त्रियों का भी ऐसा विचार था।

एक दिन राजा ने गुरु विशष्ठ से जाकर कहा—महाराज,

श्रवन समीप भए सित केशा।
मनहुँ जरठपन अस उपदेशा।।
नृप युवराज राम कहँ देहू।।
जीवन जनम लाभ किन लेहू।।

इसीलिए हे महामुनि।

मोहि अछत यह होइ उछाहू।
लहहिं लोग सब लोचन लाहू।।
प्रभु प्रसाद सिव सबहिं निवाही।
यहै लालसा इक मन माहीं।।
पुनि न सोच तन रहै कि जाऊ।
जेहि न होइ पाछे पछिताऊ।।

गुरुवर, आपकी आज्ञा हो तो राम का राज्याभिषेक कर दिया जाय। आपकी आज्ञा के बिना मेरे मनोरथ पूरे नहीं होंगे। भगवन्, यह शुभ कार्य अब जितना शीघ्र हो, उतना ही अच्छा। शुभस्य शीघ्रम्।

दशरथ की यह बात सुनकर वशिष्ठ बड़े प्रसन्न हुए।

स्नेहपूर्वक वह बोले—इधर कई दिनों से मैं भी ऐसा कुछ सोच रहा था। महाराज, राम सचमुच राज्य का भार सम्भालने में धुरन्धर सिद्ध होंगे—सीता जैसी बुद्धिमती पतोहू पाकर सूर्य-वंश कृतकृत्य हो गया। राम राजा हों, सीता रानी। इससे बढ़कर मंगलमय घटना भला और क्या घटेगी। हे राजन्, इस शुभ कार्य में तनिक भी विलम्ब मत कीजिए। जाइए, सारा प्रबन्ध कीजिए।

वशिष्ठ की आज्ञा पाकर महाराज राजधानी लौट आए। आते ही उन्होंने मन्त्रियों को सब बातें सूचित कर दीं। अन्त में राजा ने उनसे पूछा अब यदि आप लोगों की भी राय हो तो राम के कन्धों पर प्रजा पालन का सारा भार सौंपकर मैं झंझटों

छुट्टी पाऊँ।

मन्त्रियों ने हुलसकर कहा—भला, जब महामुनि ने "एव-मस्तु" कह दिया तो हमें क्यों आपत्ति होगी ? महाराज, हम भी यही चाहते हैं।

कौशल्या को दासियों ने जब यह समाचार सुनाया तो आनन्द के अतिरेक से उनके दोनों नेत्र सजल हो आए। उस दासी को इनाम के तौर पर रानी ने अपने कंगन दे डाले।

कैकेयी और सुमित्रा भी बड़ी प्रसन्न हुईं। उन्होंने भी उस दासी को पारितोषिक दिया।

महामन्त्री सुमन्त अभिषेकोत्सव की तैयारियाँ करने लगे। राजधानी के बड़े-बड़े प्रासाद नई पोची से चमका दिए गए। सड़कों की मरम्मत और सफाई हुई। उद्यान को नए सिरे से सँवार दिया गया। मकान की दीवारें अन्दर बाहर चित्रकारों द्वारा विविध प्रकार से अंकित करवाई गई दुकानदारों ने अपनी अपनी गली सजाई। राज भवन की दासियों और दासों के लिए आभूषण और परिधान सब कुछ नए-नए बनवाए गए। ब्राह्मणों और मुनियों ने आश्रमों में अभिषेक के दिन हवन कराने के लिए विशेष प्रकार की समिधा और सामग्री जुटाना आरम्भ किया।

ऐसा लगता था कि सभी के हाथ बिजली की फुरती से काम कर रहे हैं। विद्वान लोग बढ़िया से बढ़िया प्रशस्ति लिखने के होड़ में लगे थे। व्यापारी इस अवसर के लिए अच्छी से अच्छी वस्तु जुटाने में व्यस्त थे। शिल्पी और कलाकार उस उत्सव के लिए अपने शिल्पों और कलाकृतियों को कई गुना अधिक उत्साह से तैयार कर रहे थे।

कैकेयी की एक बुढ़िया दासी थी, साथ ही नैहर से आई हुई, मन्थरा उसका नाम था। काली-कलूटी और बौनी। पीठ पर बड़ा-सा कूबर था, अपने कुटिल स्वभाव के लिए वह मशहूर थी।

भरत और शत्रुघ्न ननिहाल चले गए थे। मन्थरा ने इधर-उधर पूछकर पता लगाया तो मालूम हुआ कि वे अभी नहीं लौटेंगे।

मन्थरा ने सोचा—बूढ़े राजा की नियत जरूर खोटी हो गई है। वह राम को राजा बनाकर बाकी कुमारों को या तो देश से निकाल देगा या गुलाम के रूप में रहने को बाध्य करेगा। हो सकता है, तब ये लोग कैकेयी को भी महल से निकाल दें और सुमित्रा को भी निकाल दें। यह तो बहुत बुरा होगा।

कुबड़ी बुढ़िया अकेले में जाकर देर तक यह सोचती रही—सोचते-सोचते आखिर एक उपाय उसे सूझ गया।

अपनी मल्लिकाइन के महल में जाकर मन्थरा आगे की लीला के लिए तैयार हुई। मैला और फटा कपड़ा पहन लिया बालों को खोलकर उन्हें बिखेर लिया गहनों को खोलकर इधर-उधर फेंक दिया। बिसूर-बिसूरकर रोने लगी।

वह कैकेयी की मुहलगी दासी थी, कोई भी बात कैकेयी मन्थरा से छिपाती नहीं थी। वह भी सारा दिन सारी रात अपनी मलिकनी के हितचिन्तन में लगी रहती थी।

उस दिन जब दूसरी दासियों ने कैकेयी से जाकर कहा—सरकार, मन्थरा को क्या हो गया है ? पगली की तरह वह फर्श पर खुले बालों लेटी पड़ी है। सुसुक-सुसुक कर रो रही है। देह की सुध-बुध खो बैठी है। तनिक देर कुछ सोचकर कैकेयी स्वयं उठी और महल के उस अलंग में आई जहाँ मन्थरा छितराई हुई थी।

मन्थरा के पास पहुँचकर रानी अवाक् रह गई।

क्या हुआ है इसे ? रानी ने सोचा और बिलकुल नजदीक आकर वह मन्थरा के बालों में अपनी उँगलियों को उलझाने लगीं। मन्थरा ने हाथ हटा देना चाहा तो रानी बोली—मैं सब समझती हूँ। तेरा मन यहाँ नहीं लगता, तू कहीं और जाना

चाहती है। तो चली जइयो, मैं भला क्यों रोकूँगी। मगर यह नाटक करने की क्या जरूरत थी।

अब मन्थरा ने सिर उठाया। कैकेयी की ओर कड़ी भौंहों से घूरती हुई बुढ़िया बोली—कुछ दिनों में आपको इस नाटक का पता चल जायगा। राजगद्दी पर बैठने के बाद राम जब तुम्हें इस महल से निकाल बाहर करेगा तभी तुम्हें इस नाटक की असलियत मालूम होगी।

बुढ़िया के गाल पर एक हल्की चपत लगाते हुए कैकेयी ने कहा—दुर जा। क्या अशुभ अमंगल बकती है। मेरे राम के बारे में ऐसी बात कहने पर तेरी जीभ गल क्यों नहीं गई, आश्चर्य ?

मन्थरा थोड़ी देर फिर चुप मार गई। कैकेयी उँगली गोद-गोदकर बुढ़िया को हँसाने की कोशिश करती रही। पर वह हँसी नहीं। उठकर बैठ गई। रानी के दाहिने कान में फुसफुसाकर उसने कहा—कैसी मूर्ख हो तुम भी। अभी जिन्दा है तो समझती हो कि राजा तुम्हारी मुट्ठी में है। लेकिन तुम भूलती हो। कौशल्या ने राजा को अपने वश में कर लिया है। सोचो तो भला कि कल या परसों राम को राजगद्दी मिलेगी और भरत को इसकी खबर तक न दी जाय। आज महीना भर से अभिषेक की तैयारी हो रही है, लेकिन क्या क्षण भर के लिए भी राजा तुम्हारे महल में आया है ? राय लेना तो खैर दूर की बात ठहरी, वह तुम्हारा मुँह तक नहीं देखना चाहता है। बलि का बकरा जिस तरह अपना अन्त नहीं सोच सकता उसी भाँति तुम भी अपना भविष्य नहीं सोच पा रही हो। हाय रे दैव, हाय, यह मैं किसके लिए अपना माथा पीट रही हूँ ?

रानी ने दासी को फटकारा—चुप रह कलमुँही। घर में झगड़ा लाना चाहती है। कहाँ तो तुझे खुश होना चाहिए, और कहाँ तेरे हृदय में आग लगी हुई है। इस राजवंश में हमेशा बड़ा लड़का राजगद्दी संभालता है, छोटे उसकी बात मानकर चलते

हैं। बड़ी खुशी की बात है, राम राजा होंगे। लक्ष्मण, भरत, शत्रुघ्न उनके अनुगामी बनकर रहेंगे। खबरदार, फिर कभी ऐसी बुरी बात मुँह से निकालेगी तो सड़ाक से जीभ खींच लूँगी। समझी ?

समझी हजूर, मुँह बनाकर मन्थरा ने जवाब दिया। फिर बोली—ओ अभागिन रानी, आँखें खोलकर देखो। कितनी बड़ी चाल तुम्हारे साथ खेली गई है। इसीलिए तो भरत को ननिहाल की ओर टरका दिया गया है। आगे मैदान साफ है। राजा राम, रानी सीता, बाकी होंगे नौकर-चाकर।

कैसी भी बात क्यों न हो, बार-बार कहते रहने से उसका कुछ न कुछ असर मनुष्य के हृदय पर अवश्य पड़ता है। आदमी आखिर आदमी है, पत्थर तो वह है नहीं और सीधे-सीधे हृदय वाले भी दूसरों की झाँसा-पट्टी में बड़ी जल्दी आ जाते हैं। वह पालतू पशु की भाँति चालाक और घुईयाँ आदमी के पीछे चलने लग जाते हैं।

वही हाल हुआ कैकेयी का। उस पर मन्थरा की दुर्मंत्रणाओं का प्रभाव पड़ने लगा और धीरे-धीरे उसने इसी रूप में सोचना आरम्भ किया। भोलेपन की हद हो गई जबकि रानी ने बच्ची की भाँति मन्थरा से पूछा—अच्छा, तो फिर मुझे करना क्या होगा ?

अच्छा-वच्छा नहीं—मन्थरा कड़ककर बोली—अब भी कुछ हुआ है नहीं, तुम अपने भाग्य को दुरुस्त कर ले सकती हो। इसमें मेरा अपना तो कुछ लाभ-वाभ है नहीं।

कोऊ नृप होहिं हमें का हानी।
चैरि छोड़ि नहिं होउब रानी ॥

राजा चाहे राम हों, चाहे भरत, मेरे लिए दोनों बराबर हैं। फिर भी जब मैं तुम्हारे दुर्भाग्य की ओर ध्यान देती हूं तो

कलेजा टूक-टूक होने लगता है। अच्छा, सुनोगी मेरी बात।

क्यों नहीं—रानी ने कहा। मन्थरा बोलती गई—तुम चाहो तो भरत ही राजा होंगे।

धत् झूठी कहीं की। रानी घुमड़कर बोली। मन्थरा को पूर्ण विश्वास हो गया कि जो कहूँगी, अब कैकेयी वही करेगी।

तब उसने कहा—मैं बताती हूँ उपाय। करना कराना तुम्हारे वश की बात होगी।

कैकेयी बोली क्या कर सकती हूँ मैं ? इधर कई दिनों से लगातार दाहिनी आँख फड़क रही है। रोज ही बुरे सपने देखती हूँ। कभी मैंने सोचा ही नहीं कि सौतिया डाह क्या वस्तु होती है। कौशल्या ऐसी दुष्ट है, कभी मेरी कल्पना में यह बात नहीं आई। तुम सचमुच मेरा हित चाहती हो। भरत और भरत की माँ दोनों ही बर्बाद हो जाते, अगर तुम न होती।

मन्थरा के भीतर ही भीतर बड़ी खुशी हुई। कुटिल की कुटिलाई जब अपना रंग लाती है तब उसे कैसी खुशी होती है।

मन्थरा ने धीरे-धीरे और गम्भीरता पूर्वक कहा—तुम्हीं ने मुझे कभी बताया था। राजा ने दो वरों के लिए तुम्हें वचन दे रखा है। अब तुम राजा से अपने वर माँग लो। पहला वर चौदह वर्षों के लिए राम का बनवास और दूसरा वर भरत का अभिषेक।

शिकार को गिरफ्त में पाकर बाघिन की आँखें जैसी चमकदार हो उठती हैं उसी भाँति यह बात सुनकर कैकेयी की आँखें चकमक हो उठीं। उसने सोचा—राजा मेरी पकड़ से निकल नहीं सकते, जो चाहूँगी करा लूँगी।

उसने मन्थरा को कसकर छाती से लगा लिया।

सीख पढ़कर कैकेयी पक्की हो ही चुकी थी। मन्थरा के कहने के अनुसार वह कोपभवन में जा पहुँची।

कोपभवन पुराने राजाओं के महल में एक खास प्रकार का

मकान होता था। उसमें दीवारों पर भयानक और बिगड़े चेहरे वाले यक्षों की आकृतियाँ अंकित रहती थीं। लेटने को चटाई भर रखी रहती थी। राजा की रानियों में से कोई जब बड़ी नाराज होती तो विलासभवन या वासभवन में नहीं, कोपभवन में आ विराजती। कभी-कभी तो यहाँ तक नौबत पहुँच जाती कि रानी का क्रोध अनशन का रूप ले लेता। फिर, राजा और राजकुमार या महामन्त्री को वहाँ आना पड़ता। उससे जब तक अपनी बात मनवा न लेती तब तक रानी वहाँ से टस से मस न होती।

तो कैकेयी कोपभवन में जाकर पट पड़ गई। उसने बाल बिखेर डाले थे, गहनों को खोलकर इधर-उधर फेंक दिया। पैर के महावर पर इमली का खट्टापानी या मट्टा डाल दिया था। चोली फाड़ ली थी। ललाट का टीका पोंछ डाला था। रह रह-कर छाती पीटा करती थी।

उस दिन सन्ध्याकाल दशरथ कैकेयी से मिलने आये।

कैकेयी राजा की सबसे दुलारी रानी थी। ऐसे तो महा-रानी के पद पर कौशल्या का अभिषेक हुआ था, परन्तु प्यार सबसे अधिक कैकेयी को ही प्राप्त था। मन की रानी दशरथ के वही थी। उसकी तनिक-सी पीड़ा राजा के लिए सिरदर्द का कारण होती।

अन्दर रनिवास में अलग-अलग महल बने थे। ड्योढ़ियाँ अलग-अलग थीं।

कैकेयी वाली हवेली के अन्दर राजा ने उसको इधर-उधर ढूँढा, मगर वह कहीं दिखाई न पड़ी। तब एक लोंडी ने राजा से अर्ज किया⋯सरकार, रानी साहब आज सवेरे से कोप-भवन में पड़ी हुई हैं। न खाना खाया न पानी पिया।

यह सुनते ही राजा का चेहरा फक हो गया। समझ में न आई कि कैकेयी की नाराजी का भला क्या कारण हो सकता

है। इधर काम-काज अधिक थे। रोज राजा का हवेली आना असम्भव था, मगर कैकेयी के कोप का कोई भी हेतु, कोई भी निमित दशरथ को सूझ नहीं रहा था। उन्होंने सोचा···राम के राजतिलक की बातें विस्तार पूर्वक जब उसे बताऊँगा तो वह उछल उठेंगी।

ले चलो मुझे रानी के पास···राजा ने दासी से कहा।

लौंडी राजा को लिए हुए कोपभवन पहुँची।

अन्दर जाकर राजा ने जो केकैयी का हाल देखा तो वह काँप उठे। उन्हें बड़ा ही आश्चर्य हुआ। एक प्रकार का खेद समूचे शरीर में मीठे जहर की भाँति व्याप्त हो गया। लौंडी बाहर चली गई। राजा कैकेयी के बिलकुल पास में सटकर बैठे। फिर उसकी पीठ पर हाथ फेरते हुए उन्होंने कहा। प्यारी यह क्या हुआ है तुम्हें ? किस बात से तुम्हारे हृदय को ठेस लगी है ? समूचा नगर राजतिलक की तैयारियों में मशगूल है। सभी के चेहरे खुशी से दमक रहे हैं। प्रिय, क्या हो गया है तुम्हें ?

राजा ने रानी की ठुड्डी को ऊपर उठाना चाहा। रानी ने बदन को काठ सा कड़ा कर लिया। तब उन्होंने अपना ही मुंह झुका लिया और चाहा कि रानी की आँख से आँख मिलाएँ। परन्तु इसमें भी राजा सफल न हुए। फिर उन्होंने रानी के बिखरे बालों में अपनी उँगलियों को उलझाते हुए गिड़गिड़ा कर कहा ···मेरी प्राण, तुम बोल क्यों नहीं रही हो ? किसने तुम्हारा अहित किया है। उसका नाम बताओ ? उसको मैं दण्ड दूँगा। देवताओं का राजा इन्द्र तक मुझसे खौफ खाता है। समूची धरती के बोझ को उठाने वाला शेषनाग तक मेरी आज्ञा मानता है। तुम्हें मेरी कसम और राम की कसम और भरत की कसम···

अब कैकेयी ने अपने हाथ से राजा का मुंह मूँद दिया। भरत के नाम पर लिया गया यह शपथ उसके लिए असह्य हो उठा।

फुफकारती हुई रानी उठ बैठी।

छूटते ही तीर जैसे तीखी आवाज में उसने कहा···हाँ, भरत का ही माँस सबसे अधिक स्वादिष्ट होगा और खासकर तुम्हारे लिए।

राजा ने दोनों हाथ अपने कानों पर रखे···शिव शिव। क्या कहती हो देवी ? भरत तो मुझे राम से भी अधिक प्रिय है।

अब कैकेयी ने अपना पैंतरा बदला। उसने सोचा···बूढ़े राजा को पहले मीठी-मीठी बातों में खो जाने दूँ। फिर भावुकता के प्रवाह में जब यह डूबने लगें। तो सारी कसर निकाल लेनी चाहिए।

कैकेयी बोली···अच्छा, अब तो तुम्हें मेरी कोई जरुरत नहीं रही ?

राजा ने आत्म समर्पण की मुद्रा में कहना शुरू किया···क्यों मेरे हृदय को इस तरह टुकड़े-टुकड़े कर रही हो ? बूढ़ा हो गया हूँ। पका आम हूँ। आज न सही कल, कल न सही परसों, दो हो एक दिन में टपक पड़ूँगा। फिर क्या ऐसी बात है जिससे तुमने यह अमंगल भेष धारण कर लिया है ? रानियों में जैसे मुझे सबसे प्यारी हो, पुत्रों में भरत उसी प्रकार मुझे प्रिय है।

हूँ···कैकेयी ने बड़े ही व्यंगात्मक रूप में अपना माथा हिलाया।

अपनी शिथिल भुजा की आधी लपेट में कैकेयी को समेटते हुए राजा ने कहा···झूठ नही कहता हूँ प्रिये, मेरे लिए जैसे राम वैसे ही भरत, बल्कि उम्र में छोटे होने के कारण भरत मुझे अधिक प्रिय है। रानियों में छोटी उमर होने की वजह से जैसे तुम मुझे प्रिय हो वैसे ही···

इतना कहकर बूढ़े राजा ने कैकेयी को कसकर चूम लिया।

कैकेयी ने देखा, राजा धीरे-धीरे उद्दीप्त हो रहे हैं। उसने उठकर तुरन्त अपने बालों को बांधा। साड़ी को ठीक किया।

और राजा की गोदी में आकर लेट गई। अपनी मुलायम और छोटी बाँहों को पति के गले में डालकर भाव भरी आँखों से वह उनकी आँखों में देखती रही। राजा विह्वल स्वर में बोले··· प्यारी, यह तुम्हें आज क्या हो गया था?

रानी ने कहा···पिछली रात मैंने भयानक स्वप्न देखा है। इससे तुम्हारे प्रति बहुत ही खिन्न हो गई हूँ। मेरे लड़के को तुम भिखारी बनाकर निकाल देना चाहते हो। है न यही बात?

राजा ने चट उंगलियों से अपने कान मूँद लिए। मुंह से निकला, शिव! शिव!!

राजा बड़े दुखी हुए। विषाद के मारे उनका मुख मण्डल हतप्रभ हो उठा। कनपटी सफेद पड़ गई उन्होंने सोचा··· हो न हो, कोई पापग्रह हमारे ऊपर मंडरा रहा है। किसी प्रकार का दुर्दैव रानी के अन्तःकरण में प्रवेश कर गया है। जाने, क्या होने वाला है?

उन्होंने अपने चित्त को स्थिर किया। निश्चय कर लिया 'कि येन केन प्रकारेण कैकेयी को प्रसन्न कर लेना है। प्रगट रूप में बोले···राम का अभिषेक होने वाला है। ऐसे प्रसंग में राजकुल और प्रजावर्ग ··कहीं भी ग्लानि या विषाद का लक्षण दिखाई पड़े तो, हमारे लिए यह कलंक की बात होगी। प्रिये! तुम्हारे लिए जैसे भरत वैसे ही राम। अपने पुत्र के इस अभिषेकोत्सव को सुचारु रूप से हो जाने दो। तुम्हें स्वयं जो भी कुछ चाहिए, इस अवसर पर वह मैं देने को तैयार हूँ। बड़ी मुश्किल से हमने पुत्र प्राप्त किए। बड़ी कठिनाई से उन्हें पाला, पोसा। वे हमारी सारी आशाओं के केन्द्र हैं। मैं उनको चार पृथक-पृथक व्यक्तियों के रूप में नहीं देखता। वह चारों एक हैं और उनमें से एक-एक भी चारों में सम्मिलित व्यक्तित्व का प्रतीक है। काश, तुम भी उन्हें इसी रूप में देख पाती। अस्तु, इस मंगलमय मुहूर्त में कोई भी वस्तु मेरे लिए अदेय न होगी और तुम्हारे लिए कभी मेरे पास

कोई ऐसी वस्तु नहीं थी जो अदेय रही हो।

रानी ने नखरेबाजी शुरू की। ठुनक कर कहा···आपकी बुद्धि के सामने मैं तो निरी बच्ची हूँ। ठगने का मजा तभी आता है जब नासमझ एक ओर हो और समझदार दूसरी ओर। महाराज, भगवान ने तनिक सी जो बुद्धि मुझे दी है, उससे इतना तो मैं भी समझती हूँ कि जल्दी-जल्दी राम को युवराज के पद पर बैठाने में कोई दूसरी बात नहीं है। मगर खुशी के ऐसे मौके पर सिवाय राम और कौशल्या के, आपकी नजरों के सामने कोई दूसरा आदमी नहीं है। है न महाराज, यही बात? राजनीति बड़ा ही गूढ़ विषय है। जन्म से लेकर मरण पर्यन्त अन्तपुर की परिधि में उछल कूद करने वाली हम औरतें भला क्या जानें कि ऐसी घटनाओं के पीछे कुछ दुरभिसन्धि भी हो सकती है?

दशरथ ने फिर कान छुए।

इस तरह अपनी मुस्कान और बड़ी भ्रू-भंगिमा के बीच से रानी बूढ़े राजा को काफी दूर खेंच लाई। और उनसे पक्का वचन ले लिया कि वह जो कुछ माँगेगी राजा देंगे। दशरथ कैकेयी की मुट्ठी में थे। उन्होंने कहा···पहले भी कई बार मेरे प्राण बचाये हैं। और आज भी इस मानसिक संकट से मुझे तुम्हीं उबारो तो उबारो। मैं कभी अपने वचन को नहीं तोड़ता हूँ। कही हुई बात का क्रिया से समर्थन करता हूँ। काया, मन और वचन···तीनों को मैं एकरूपता प्रदान करता हूँ। ऐसा नहीं कि कथनी कुछ और करनी कुछ। यह तो शूद्र प्रकृति के मनुष्यों का लक्षण है। तुम जो कुछ चाहती हो कह डालो।

भोलेपन का अभिनय करती हुई रानी बोली···याद है? लड़ाई के मैदान में दो बार आपने मुझसे वर माँगने को कहा था। आप अपने उन्हीं वचनों को पूरा करें महाराज।

राजा ने हुलस कर···कहा—कहो, कह जाओ।

कैकेयी गम्भीर हो गई। तनिक देर चुप रही। फिर उसने

राजा की प्रशान्त और दृढ़ निश्चयी मुद्रा का अनुशीलन किया. तब जाकर बोली—पहला वर तो मुझे यह चाहिए कि कुमार भरत युवराज बनें और दूसरा वर मैं आपसे यह माँगती हूँ कि राम को चौदह वर्षों के लिए बनवास की आज्ञा दीजिए।

सुनते ही राजा को काठ मार गया।

क्या सोचा था और क्या हुआ ? चेहरा फीका पड़ गया। मुंह लटक गया। आँखों के आगे अँधेरा छा गया। हथेली पर गाल रखकर राजा सोचने लगे, निगाह थी रानी पर।

सोचने यह लगे कि रानी ने परिहास तो नहीं किया है ?

सचेत होकर सोचा तो रानी की इन बातों की भयानक यथार्थता उनकी आँखों के सामने रौद्र रूप में ताण्डव करने लगी। मारे शोक के वह बेसुध हो गए। अपने को थामकर दशरथ ने कैकेयी से कहा···प्यारी, हास परिहास की इन बातों को छोड़ो, जो चाहती हो सो खुलकर कहो न ?

कैकेयी गुस्से में आकर सिर के बल नोचने लगी। चिल्ला-चिल्लाकर, हाथों को चमका-चमकाकर वह बोलती गई·· वाह परिहास। अपने रघुकुल का बखान करते करते जिसका मुँह कभी नहीं थकता था वही आदमी इस प्रकार दुलत्तियाँ झाड़ेगा। कहूँगी किसी से तो कौन भला मेरे इस अभियोग का विश्वास करेगा ? पूरा नहीं करना था तो वचन दिया ही क्यों ? क्या समझ था कि मैं ऐना-कंघी माँग लूँगी और तुम छुटकारा पा जाओगे। नहीं ! नहीं महाराज, यह नहीं होने का। या तो अपने वचन को पूरा करो या फिर साफ-साफ इनकार कर दो। इसी सूर्यवंश में राजा शिवि हुए जिन्होंने बात पर काट-काटकर अपने अंग दे दिये। इसी वंश में दधीचि, हुए जिन्होंने अपनी हड्डियाँ देवताओं को दे डालीं। इसी वंश में हरिश्चन्द्र हुए जो अपनी बात पूरी करने के लिए स्त्री और पुत्र तक को बेच गये हैं। आज मैं तुम्हारी दानवीरता के ढोंग का पर्दाफाश करूँगी···

दशरथ बकर-बकर कैकेयी की मुखमुद्रा को देख रहे थे और अपने कानों से उसकी तीखी चरपरी बातें सुनते जा रहे थे। उन्हें ऐसा लग रहा था कि गरम-गरम पिघला हुआ शीशा कोई कानों में डाल रहा है।

पीछे राजा ने रोकर कहा···मंजूर है मुझे तुम्हारी बात मगर एक बात मेरी भी तो तुम्हें मान लेनी होगी। राजतिलक भरत के माथे। भरत ही राजा बने। भरत का ही अभिषेक होगा, सिंहासन पर वही बैठेगा। मंजूर है मुझे।

रानी बोली···तो फिर ?

राजा ने सम्भलकर कहा···तुम बड़ी सयानी महिला हो। खुद ही बहुत कुछ सोच सकती हो। यह जो तुमने राम के बनवास की बात कही, उसके औचित्य पर फिर से सोचो। देखो, मैं अत्यन्त वृद्ध हो गया हूँ। कुछ दिनों का मेहमान हूँ। ऐसी दशा में राम के बिछोह में तड़पा-तड़पाकर मुझे मत मारो। राम और भरत, मेरे लिए दोनों ही बराबर हैं। राजगद्दी पर चाहे राम बैठे चाहे भरत, दोनों को मेरा आशीर्वाद समान रूप से ही प्राप्त होगा। राजकुल की परम्परा के अनुसार उमर का बड़ा राज-काज का प्रधान उत्तराधिकारी होता आया है, पर तुम्हारी ऐसी इच्छा नहीं है तो राम न सही, भरत ही युवराज हों। मैं कल ही दूत भेजता हूँ। वह भरत को ननिहाल से लिवा लायेगा। जो शुभ मुहूर्त राम के अभिषेक के लिए निश्चित है उसी में अब भरत का अभिषेक होगा। यह सब मुझे हृदय से स्वीकार है। परन्तु राम ने हमारा क्या बिगाड़ा जो बेचारे को बनवासी बना दें। राम की तो खुद तुम भी तारीफ करती रही हो, अब बेचारे की ओर से तुम्हारी नजर क्यों फिर गई है। एकाएक यह तुम्हें हो क्या गया ?

बहुत कुछ समझाने बुझाने पर भी कैकेयी टस से मस न हुई। राजा ने यहाँ तक कह दिया कि राम के वन जाने से एक दिन

भी मुझे जीवित नहीं पा सकती। राम ही क्यों इन चारों में से किसी को भी जंगल में भेज दोगी तो मेरे प्राण पखेरु उड़ जायेंगे।

कैकेयी अपने हठ पर अटल रही। उसे अपने वैधव्य की रत्ती भर भी परवाह नहीं थी।

महाराज दशरथ दोनों हाथों से कपार पीटने लगे। उनका करुणक्रन्दन पत्थर को भी टुकड़े-टुकड़े करने में भले ही सक्षम रहा हो, परन्तु कैकेयी के लिये वह बिल्कुल बेअसर और बेकार था।

वनवास

अगले दिन सवेरा हुआ। उत्सव का सारा आयोजन हो चुका था।

राजा को अन्तपुर से निकलते न देखकर दरबारियों को बड़ी उत्कण्ठा हुई कि बात क्या है? और दिन तो राजा तड़के ही उठ जाते थे, परन्तु आज उन्हें बड़ी देर हुई।

अनावश्यक विलम्ब से राजा के सम्बन्ध में बाहर दरबारी लोग उद्विग्न हो उठे। कई अनुचर परिचर-हालात मालूम करने के लिए अन्दर भेजे गये।

महामन्त्री सुमन्त को प्रबन्ध सम्बन्धी कार्यों के कारण रात में देर से सोने का अवसर मिला था। वह भी विलम्ब से उठे थे। राजा की इस अस्वाभाविकता से आज वह भी चिन्तित हुए।

सुमन्त स्वयं ही अन्तःपुर गए। पहले कौशल्या के यहाँ। पता चला कि राजा कोपभवन में मूर्छित हुए पड़े हैं। मन्त्री दौड़े-दौड़े कोपभवन पहुँचे। यहाँ का रंग-ढंग देखकर मन्त्री के होश उड़ गये।

नीचे चटाई पर राजा बिल्कुल बेसुध पड़े थे। रात में मुँह से न जाने कितना झाग गिरा था। अभी गालों पर उसके निशान बड़े भद्दे लग रहे थे। सिर का मुकुट अलग पड़ा था। पहनावा अस्त-व्यस्त स्थिति में बिलकुल बुरा लग रहा था। आँखें बतला रहीं थीं कि कितने आँसू बहे हैं। चेहरा ज़र्द था। शरीर मानों चूर-चूर होकर धराशायी हो गया था।

महाराज दशरथ को एसी विषम स्थिति में देखकर सुमन्त काँप उठे। बेचारे को क्या पता कि छोटी रानी कल क्या कर गुजरी हैं। समझ में नहीं आया कि एकाएक यह हो क्या गया है?

कुछ सोच न सकने के कारण मन्त्री जरा देर के लिए किंकर्तव्यविमूढ़ हो उठे। हाथों से माथे को थामकर बैठ गये।

इतने में एक ओर से कैकेयी आई, उसने रोनी-सी सूरत बनाकर कहा···दीवान जी, राम को बुलवाइए, पता नहीं महाराज को क्या हो गया है? सारी रात इन्होंने बेहोशी में काटी है। अब राम ही आवें तो असलियत मालूम होगी।

मन्त्री स्वयं ही उठकर गये और अविलम्ब रामचन्द्र को साथ लिये आये।

श्रीराम ने आज तक अपने पिता को इस हालत में नहीं पाया था। दुख क्या होता है? पीड़ा क्या होती है? उसका पता रामचन्द्र को नहीं था। कुमार के दिल को बड़ी ठेस लगी। उन्होंने दो एक बार "महाराज" कहकर सम्बोधित किया, परन्तु उत्तर नहीं पाया। व्यथा के मारे रामचन्द्र का माथा फटने लगा, ऐसा लगता था कि कलेजा उलट जायेगा।

रामचन्द्र बड़े ही धैर्यशाली राजकुमार थे। दोनों हाथ जोड़कर गम्भीर मुद्रा में उन्होंने रानी कैकेयी से पूछा—माँ! पिता जी को यह क्या हो गया है? क्या अनजाने ही मैं तो कोई भारी अपराध नहीं कर बैठा हूँ? बताओ माँ।

प्रेम में पगी राम की मीठी बोली सुनकर दशरथ ने आँखें खोलकर देखा।

राम को सामने पाकर राजा का भावावेग फिर फूट निकला। वह दुखिया चकोर की भाँति बड़ी ही मर्मभेदी ध्वनि में विलाप करने लगे। उनके मुँह से यही बात बार-बार निकलती थी। कि हाय बेटा, अपने हाथ से मैं तुम्हें कैसे विष-पान कराऊँगा? हाय बेटा! अपने लगाए पेड़ की जड़ में स्वयं ही मैं किस भाँति कुल्हाड़ी मार सकूँगा?

महाराज के मुँह से बार "हाय राम", "हाय राम" निकल रहा था। वह लम्बी-लम्बी साँसें ले रहे थे। कैकेयी रौद्र रस का साक्षात् रूप धारण किये हुए खड़ी थी। उसकी आँखों में ममता, हमदर्दी या पश्चात्ताप का कोई भी लक्षण नजर नहीं आ रहा था।

रामचन्द्र के लिए यह घटना अपने जीवन की पहली दुर्घटना थी। वह बार-बार दशरथ की ओर ताकते, बार-बार कैकेयी की ओर।

अन्त में कैकेयी ने ही मुँह खोला···बेटा! तुमने कहाँ कुछ किया है, और न राजा ही तुम पर नाराज हैं। बात कुछ और है। बहुत दिन हुए, राजा ने मुझे दो वर माँगने को कहा था, मगर तब मैंने कहा था···अभी नहीं चाहिए, जरूरत पड़ने पर माँग लूँगी। सो कल अपने वही दो वर मैंने राजा से माँग लिये हैं। पहला वर मैंने यह माँगा है कि राजगद्दी पर भरत बैठेगा। दूसरे वर के रूप में मैंने राजा से तुम्हें चौदह वर्षों के लिए जंगल में भेज देने को कहा है। मगर तुम्हारे विछोह में राजा का बड़ा बुरा हाल होगा···

कैकेयी कुटिल हँसी हँसने लगी। जरा रुककर फिर बोली··· बेटा, अपने बाप की इज्जत अब तुम्हारे हाथ में है। तुम चाहो तो अपने वचन राजा पूरा कर सकेंगे, अन्यथा सारा संसार उन्हें

झूठा कहकर कलंकित करेगा। इतिहास किसी को क्षमा नहीं करता। पुत्र का कर्तव्य है कि अपने पिता को वह लांछित होने से बचावे।

राम ने सरलता पूर्वक कहा···भला, इससे अच्छी बात मेरे लिए और क्या होगी कि पिता-माता की इच्छाओं को मैं पूर्ण करूँ। आपकी इच्छा और महाराज का आदेश···इससे बढ़कर मेरे लिए और कोई वस्तु महत्त्व की नहीं है। माता-पिता की आज्ञा से किया हुआ कोई भी कार्य मनुष्य के लिए मंगलमय प्रमाणित होता है। शुभस्य शीघ्रम्। ऐसे अच्छे काम में तनिक भी देरी करना अनुचित होगा···परन्तु, पिता जी मुझसे बोलते क्यों नहीं ? अवश्य ही मुझसे कोई त्रुटि हो गई है। इसी से मेरे प्रति उन्होंने अपनी वाणी को रोक रखा है।

अब दशरथ ने मुँह खोला···नहीं बेटा, नहीं, तुम बिल्कुल निर्दोष हो। बिल्कुल विशुद्ध, अतिशय निर्मल।

इशारे से राजा ने राम को नजदीक बैठने को कहा।

निकट आने पर खींचकर राम को दशरथ ने अपनी छाती से सटा लिया। फिर उनकी घिग्घी बंध गई···हाय रे दैव ! न जाने, कौन देवता अभिशप्त होकर हमारे यहाँ यह अवतरित हुआ ? हे राम, हमारे अपराधों को क्षमा नहीं करना। अपनी इस कुकृति के लिए मैं बड़ा से बड़ा दण्ड चाहूँगा, बेटा···

अपनी शिथिल ग्रीवा को महाराज ने रामचन्द्र के चौड़े कंधे पर टेक दिया और हिचकियाँ भरने लगे।

अनुरोध के स्वर में रामचन्द्र बोले···महाराज, चौदह साल जंगलों में बिताना कोई बड़ी बात नहीं है। मैं महर्षि विश्वामित्र के साथ महीनों तक बनवासी जीवन बिता चुका हूँ। मुझे अपने वे दिन बराबर याद आते रहते हैं। अब वन की स्थिति में भी परिवर्तन आ गया है। स्थान-स्थान पर मुनियों ने आश्रम बना रखे हैं। विद्वान ब्राह्मणों की साधना से वन्य जीवन मुझे तो बड़ा

ही सुरभित प्रतीत हुआ। आप मुझे वन जाने के लिए प्रसन्नता-पूर्वक आज्ञा दीजिए। अनिष्ट की तनिक भी आशंका मत कीजिए।

उठकर बैठना दशरथ के लिए असंभव था। बुढ़ापे का टूटा हुआ शरीर व्यथाओं के प्रचण्ड आघात को सहन नहीं कर सका। वह धराशायी हो गए थे। अर्द्ध चेतन अवस्था में फिर भी उन्होंने हाथ हिलाकर मना किया और खिन्न स्वर में कहा…मैंने भी जंगल देखे हैं बेटा, तुम्हें एस भांति सदा के लिए वनवासी बना देने से पहले यह धरती फट जाय, तो मैं उसमें समा जाऊँ ··

राजा फिर सिसकने लगे।

कैकेयी ने सोचा…बूढ़े राजा का कमजोर हृदय न राम को छोड़ने के लिए तैयार है और न अपने वचन को तोड़ने के लिए तैयार है। अच्छा होता, राम स्वयं ही अब जंगल चले जाते। भरत को मँगवाते क्या देर लगेगी, कुछ नहीं।

इशारे से राम को अपने पास बुलाकर ममता का अभिनय करते हुए कैकेयी ने कहा—बेटा, बाप की इज्जत अब तेरे ही हाथों मैं है। देखता क्या है ? यह होश मैं आ गए, तो तुझे कहीं नहीं जाने देंगे। चला जा बेटा। कौन-सी बड़ी बात है। कितना अच्छा अवसर यह तुझे मिला है। वन में बड़े-बड़े मुनियों के दर्शन होंगे। तरह-तरह के लोगों से मुलाकात होगी। नाना प्रकार के फल-फूल, कन्द-मूल, नाना प्रकार के वृक्ष वनस्पति, विविध प्रकार के पशु-पक्षी एक से एक खूँखार जानवर, ऋतुओं के अनु-सार अपनी छटा बदलने वाली प्रकृति नटी का निवारण रूप, यह सब बेटा ! अयोध्या में कहाँ मिलेंगी ?

नहीं मिलेंगे माँ, नहीं मिलेंगे…भोले रामचन्द्र ने कहा… अच्छा तो माँ, में अभी वनवास के लिए प्रस्थान करता हूँ। जरा बड़ी माँ, मँझली माँ और लक्ष्मण को सूचित कर दूं।

सुमन्त के साथ राम बाहर निकल आए। उनके मुख मण्डल

पर विचार की कोई भी छाप नहीं थी।

राम अपनी माँ से मिलने गए।

बड़ी रानी होने पर भी कौशल्या ने बड़ा ही उदार हृदय पाया था। उसने कभी राम, भरत और लक्ष्मण, शत्रुघ्न के बारे में अलग-अलग नहीं सोचा था। वह चारों को एक ही आत्मा समझती थीं। विविध विग्रह धारण करने वाले ब्रह्मा, विष्णु, महेश में जैसे निष्ठावान आस्तिक की एक ही भावना रहती है, उसी प्रकार कौशल्या चारों राजकुमारों को समग्र रूप में सोचती थी।

उस दिन जब राम को उसने देखा तो बोली, बेटा! भगवान ने हमें ये दिन दिखाए। तुम सभी अब सयाने हो गए हो। तुम्हारा ब्याह भी हो चुका। लक्ष्मी जैसी बहुएँ अयोध्या के राज-महल की शोभा बड़ा रही हैं। देवता जैसे स्वभाव वाली जनक-नन्दिनी सीता को अपनी बड़ी बहू के रूप में पाकर तो हम धन्य हो गईं। दूसरी बहुएँ भी साक्षात् देव-कन्या मालूम होती हैं।

कौशल्या आनन्द से विह्वल होकर हृदय को खोल बैठी। बहुत कुछ कहना चाह रही थीं, परन्तु आवेश में उपयुक्त शब्द नहीं मिल रहे थे।

राम ने एकाएक दारुण समाचार सुनाकर माँ के चित्त पर चोट नहीं की। अपनी गंभीरता को वह बनाये रहे। कौशल्या फिर बोली···कार्य प्रयोजन के दिनों मैं न खाने की सुध रहती है, न पीने की। और आज कल, तो खुशी के मारे किसका दिल उछल नहीं रहा है? पर बेटा, तुम कुछ दुबले दिखाई पड़ रहे हो।

स्वाभाविक ढंग से राम ने कहा—नहीं माँ, आज मुझे आपने कई दिनों के बाद देखा है। इसलिए मैं दुबला दिखाई पड़ रहा हूँ। मगर बात तो ऐसी नहीं है, मैं जैसा पहले था वैसा ही अब भी हूँ।

रानी ने कुमार को अत्यन्त निकट बैठा लिया। ममता और स्नेह से राम की ठुड्डी छूकर कौशल्या ने कहा···बेटा, आज का दिन मुझे बड़ा ही मंगलमय मालूम पड़ता है। तुम कुछ देर यहीं मेरे पास बैठो। बैठोगे न ?

सुमन्त अब तक खड़े थे। रानी का संकेत पाकर भी बैठने की इच्छा नहीं हुई। खड़े ही रहे। वह भीतर ही भीतर रामचन्द्र की गहराई और धीरज पर मुग्ध हो रहे थे।

रामचन्द्र ने बड़ी नम्रता से कहा—रहने दो माँ। क्या करोगी पास बैठाकर ?

ऐसा क्यों कहते हो ? रानी ने कृत्रिम कड़ाई से कहा—मेरे पास बैठना तुम लोगों को क्यों नहीं सुहाता है ? सब मैं समझती हूँ।

नहीं माँ, ऐसी कोई बात नहीं। तुम्हारे समक्ष बैठता हूँ, तो ऐसा लगता है कि अपनी तरल आँखों से तुम हमारे ऊपर अमृत की फुहियाँ बरसाया करती हो—राम ने बोली में यथासम्भव अधिक मिठास घोलते हुए कहा।

तो बैठो न—हाथ से संकेत करती कौशल्या बोली।

सुमन्त के लिए अपने को रोकना बड़ा मुश्किल था। शोक के मारे मन्त्री का कलेजा फटा जा रहा था। मन ही मन वह बोला—ओ अभागिन रानी, थोड़ी ही देर में अपने बनवास के बारे में जब रामचन्द्र तुम्हें सूचित करेंगे, तो तुम्हारा क्या होगा ?

राम ने सोचा अधिक विलम्ब करना उचित नहीं। अपने हृदय को उन्होंने जरा कड़ा कर लिया और बोले—माँ, कुछ काल के लिए आज हम बाहर जा रहे हैं।

रानी को कुछ बोलने का अवसर दिए बिना ही राजकुमार बोलते गए—पिताजी ने छोटी माँ को कभी दो वचन दिए थे। छोटी माँ ने महाराज की बड़ी सेवा की थी सो भी लड़ाई के

मैदान में, उन्होंने प्रसन्न होकर दो वर माँगने को कहा था। छोटी माँ ने अपने वरों को भविष्य के लिए सुरक्षित रक्खा। कल अपने वे दोनों वर छोटी माँ ने महाराज से माँग लिए हैं। महाराज वचनबद्ध थे। अपने दिए हुए वचन को रघुवंशी लोग न पूरा करेंगे, तो कौन पूरा करेगा ? पहला वर छोटी माँ ने यह माँगा कि भरत राजा हों, दूसरा वर उन्होंने यह माँगा कि बड़े राजकुमार को चौदह वर्षों तक अपना जीवन जंगल में बिताना होगा…

इतना सुनते ही कौशल्या अचेत हो गईं। उनका शरीर नीचे लुढ़क गया।

राम कठोर होकर थोड़ी देर तक यह दृश्य देखते रहे। इसके उपरान्त उन्होंने रानी को होश में लाने की चेष्टा की।

सचेत होकर कौशल्या उठ बैठी। वह इधर-उधर डरी सहमी-सी ताकने लगी। स्वयं उनकी समझ में नहीं आ रहा था कि क्षण भर में यह क्या हो गया। लगता ऐसा था कि एकाएक किसी ने जादू की छड़ी सुँघाकर पहले रानी को बेहोश कर दिया है, फिर तुरन्त दूसरी छड़ी सुंघाकर उसे होश में ला दिया है।

विस्मय-विमुग्ध, विह्वल रानी ने सामने जब रामचन्द्र को खड़े देखा, तो कुछ और सचेत हुईं। चेतना लौट आते ही वह फिर विलाप करने लगीं। बेटा, क्या होना था, क्या हो रहा है। हे भगवान ! पूर्व जन्म में कितना पाप मैंने किया था, जो यह सब देख रही हूँ।

रानी को रोता देखकर भी राजकुमार ने अपना धीरज नहीं छोड़ा। राम बोले—मत घबराओ माँ। दिन जाते क्या देर लगती है ? तुम्हारे आशीर्वाद से कोई मेरा बाल भी बाँका नहीं कर सकता। बिना किसी कठिनाई के, वनवास की अवधि को मैं पूरा कर लूँगा। तुम किसी प्रकार की चिन्ता मत करो। माता-पिता की आज्ञाओं का पालन ही पुत्र का धर्म है।

इस प्रकार राम ने कौशल्या को बहुत कुछ समझाया और वह कुछ प्रकृतिस्थ हुई। अन्त में उसने कहा—पिता का वचन पूरा हो, वह झूठे न कहलाएँ—केवल इसीलिए यदि तुम जंगल में रहने जा रहे हो, तो ठीक है। तुम्हारे लिए वन ही अयोध्या का राजमहल है। तुम्हारे रहने से अब जंगल जंगल नहीं रह जाएँगे। अब अयोध्या ही जंगल जैसी लगेगी।

राम का वनवास का समाचार महलों में फैल गया। सभी विकल हो उठे। स्वजन, परिजन, अनुचर, परिचर, दास-दासी, नौकर-चाकर सभी उद्विग्न हो उठे। जितने भी इष्ट अपेक्षित थे, सभी को धक्का लगा।

लक्ष्मण ने सुना, तो उनका भी चेहरा फक रह गया। सीता तो यह समाचार सुनते ही बेहोश हो गई।

कौशल्या की आज्ञा पाकर राम सीता से मिलने गए। वह बड़ी विकल हो रही थी। राम को देखते ही वह और शोक-विह्वल हो गई।

राम ने कहा—प्राणवल्लभे, चिन्ता करने की क्या बात है? समय बीतते देर नहीं लगती है, और, जिस व्यक्ति की शुभ-कामनाएँ सैकड़ों हजारों के दिल में हिलकोरें ले रही हो, उसके पास विघ्न-बाधाएँ नहीं फटक सकतीं। विश्वास रक्खो, कुशल-पूर्वक वनवास की अवधि समाप्त करने के उपरान्त मैं लौट आऊँगा। यहाँ मेरे अभाव में, तुम्हें किसी प्रकार का कष्ट नहीं होगा। और, जंगल का जीवन तो तुम दो दिन भी नहीं बिता सकती हो। रही मेरी बात सो :

मैं पुनि करि प्रमान पितु वानी।
वेगि फिरबि सुनु सुमुखि सयानी॥
दिवस जात नहिं लागहिं वारा।
सुन्दरि सिखवनु सुनहु हमारा॥

जौं हठ करहु प्रेमबस बामा।
तौं तुम्ह दुखु पाउब परिनामा॥
काननु कठिन भयंकरु भारी।
घोर घामु हिम वारि बयारी॥
कुस कंटक मग कंकर नाना।
चलब पयादेहिं बिनु पदत्राना॥
चरन कमल मृदु मंजु तुम्हारे।
मारग अगम भूमिधर भारे॥
कंदर खोह नदी नद नारे।
अगम अगाध न जाहिं निहारे॥
भालु बाघ वृक केहार नागा।
करहिं नाद सुनि धीरजु भागा॥
हंस गंवनि तुम्ह नहिं बन जोगू।
सुनि अपजसु मोहिं देहहिं लोगू॥
मानस सलिल सुधा प्रतिपाली।
जिअइ कि लवन पयोधि मराली॥
नव रसाल वन विहरन सीला।
सोह कि कोकिल विपिन करीला॥

राम की बातें सीता के कानों को बिल्कुल नहीं रुचीं, हृदय पर बड़ा ही आघात पड़ा। आँखें डबडबा आईं।

महारानी कौशल्या भी सीता को समझाने आईं। उन्होंने राम से कहा—पुत्र, इस दारुण समाचार को सुनकर सुकुमारी सीता की क्या दशा हो गई है, देख ही रहे हो। जाने के लिए वह भी तैयार मालूम पड़ती है। यह भी तुम समझ ही रहे हो। परन्तु मेरी राय में सीता का तुम्हारे साथ जंगल में जाना ठीक नहीं। जिन जंगली जानवरों को सपने में भी देखकर सीता डर जाती है, उन्हीं जन्तुओं के बीच अब वह कैसे रहेगी ?

माता की बातें सुन राम सोच में पड़ गए। वह स्वयं भी

इस पक्ष में नहीं थे कि सीता साथ-साथ जंगल जाय। सीता को सारी स्थिति वह बतला भी चुके थे। अब कौशल्या के कहने पर फिर उन्होंने सीता को समझाया।—हठ करोगी तो खुद भी दुख उठाओगी और मेरे भी दुख को बढ़ाओगी। साथ जाने का ख्याल छोड़ दो। यहाँ रहकर सास-सुसर की सेवा करो। सब तो हैं। एक नहीं, तीन-तीन देवर हैं। देवरानियाँ हैं। दास-दासियाँ हैं, स्वजन-परिजन हैं। किसी वस्तु का कोई अभाव नहीं है। तबियत उचटे, तो बीच-बीच में नैहर हो आना।

सीता का कलेजा फटा जा रहा था। वह सोच रही थी—इनका भी हृदय न जाने कैसा पत्थर है। कहने को अर्द्धांगिनी कहाती हूँ। परन्तु इतनी सीधी-सी बात ध्यान में नहीं आती कि इनके आधे अंग को छोड़कर बाकी आधा अंग भला कैसे किसी काम का रह जायगा?

बड़ी देर तक वह गुमसुम रही। फिर संक्षेप में अपने दृढ़ निश्चय को व्यक्त किया—

प्राणनाथ तुम बिनु जग माहीं।
मो कहं सुखद कतहुँ कोई नाहीं॥
जिय बिनु देह नदी बिनु वारी।
तैसे ही नाथ पुरुष बिनु नारी॥

जानकी के मुँह से यह सुनकर राम को प्रसन्नता भी हुई और खेद भी हुआ। प्रसन्नता इसलिए हुई कि उसने सहचर सहचरी धर्म की ओर अनिवार्य रूप में ध्यान आकृष्ट किया। खेद इसलिए हुआ कि आजन्म अन्तःपुर में रहने वाली यह सुकुमारी बीहड़ और ऊबड़-खाबड़ जंगलों में भटकती-भटकती सूखकर कंडा हो जायगी।

कौशल्या सुमन्त और लक्ष्मण सभी जनकनन्दिनी की इस अविचलित कर्तव्यभावना पर मुग्ध थे। आज पहली बार लोगों

ने मिथिला की इस राजकुमारी की उदात्त भावनाओं का यथार्थ आभास पाया।

राम ने महारानी कौशल्या की ओर निगाहें लड़ाकर कहा— माँ, यह नहीं मानेगी, नहीं मानेगी। यदि न ले जाऊँगा, तो चार दिन में ही इसके प्राण निकल जाएँगे। जाने दो माँ, छोड़ दो। तुम केवल आशीर्वाद देती रहना।

कौशल्या ने मौन रहकर इस पर अपनी स्वीकृति की मुहर लगा दी। वह बड़ी बुद्धिमती थीं। वह समझती थी कि राम के बिछोह में चार दिन तो क्या, चार पहर भी सीता चैन से नहीं रह सकती। इसे साथ जाने देने में ही हम सभी का कल्याण है।

अच्छा तैयार हो जाओ—रामचन्द्र ने सीता से कहा, तो वह भीतर ही भीतर खूब प्रसन्न हुई।

अब लक्ष्मण की बारी आई। उसका कहना था कि विश्वामित्र के साथ गए तो मैं भी साथ गया था और अब मुझे छोड़कर आप बनवासी बनेंगे, सो हो नहीं सकता। जहाँ राम वहाँ लक्ष्मण। आप देह हैं तो मैं छाया हूँ।

लक्ष्मण को साथ ले जाने में रामचन्द्र को विशेष कोई आपत्ति नहीं हुई।

चलो हम मझली माँ से आशीष लेते चलें।

सुमित्रा को सारा हाल मालूम हो चुका था। वह स्वयं ही चाहती थी कि लक्ष्मण राम के साथ जाय। परदेश में एक से दो भले। और, वह तो ठहरी वनवास की बात, इसमें तो अकेले रहना ठीक नहीं।

सुमित्रा ने लक्ष्मण से कहा—

तात तुम्हारि मातु वैदेही।
पिता रामु सब भाँति सनेही॥
अवध तहाँ जहँ राम निवासू।
तहंइ दिवसु जहँ भानु प्रकासू॥

जौं पै सीय राम वन जाहीं ।
अवध तुम्हार काज कछु नहीं ।।
गुरु पितु मातु बंधु सुर साईं ।
सेइहहिं सकल प्रान की नाईं ।।
रामु प्रान प्रिय जीवन जी के ।
स्वारथ रहित सखा सबही के ।।
पूजनीय प्रिय परम जहाँ ते ।
सब मानिअहिं राम के नाते ।।
अस जिय जानि संग वन जाहू ।
लेहू तात जग जीवन लाहू ।।

अपनी माँ के गम्भीर उपदेश को सुनकर लक्ष्मण का हृदय तृप्त हो गया ।

राम और लक्ष्मण ने साथ कुछ नहीं लिया । जो कपड़ा वह पहने हुए थे, बस वही धोती भर, आभूषण एक भी नहीं । सीता ने भी गहने उतार डाले । उसकी गर्दन पर साड़ी भर रह गई । हथियार के नाम पर तीरों से भरे दो तरकश और दो धनुष उन्होंने ले लिए ।

गुरुजन के चरण छूकर तीनों बिदा हुए । उस बेहोशी में भी दशरथ सुमन्त से यह कहना न भूले कि बच्चों को रथ पर चढ़ाकर घुमा लाओ । देखना, कहीं जंगल की ओर न जाने देना ।

मगर कैकेयी तुली हुई थी । उसने डपटकर सुमन्त को हुकम दिया—मन्त्री, बूढ़े राजा की विवेक-बुद्धि बिल्कुल ही भ्रष्ट हो गई है । यश और अपयश में उनके लिए कोई फरक नहीं रह गया है । तुम यदि इस राजवंश के सच्चे हितैषी हो, तो जाओ, रथ पर ले जाकर राम को सरजू के किनारे छोड़ आओ । कैकेयी की बात सुमन्त को चुभी, पर वह चुप रहे । बाहर निकले । राम लक्ष्मण और सीता तैयार थे । सारथी रथ ले आया । चारों जने उस पर चढ़े ।

साधारण प्रजा में से सैकड़ों आदमी पीछे-पीछे चलने लगे। सभी केकैयी को कोस रहे थे। छोटी रानी कभी ऐसा अनर्थ करेगी, इसकी कल्पना कभी किसी को नहीं हुई थी। कुछ लोगों ने सुमन्त को राय दी कि सरजू के उस पार जो छोटा-सा जंगल है, उसी में कुटिया बनवा दीजिए। सीता, राम और लक्ष्मण वनवास की अपनी अवधि वहीं पूरी करेंगे।

राम ने प्रजा के इस विचार को अंगीकार नहीं किया। फिर भी बहुत से लोग काफी दूर तक पीछे-पीछे गये। सायं काल रथ तमसा नदी के किनारे पहुँचा। रात में लोग वहीं रहे।

कुछ रात होते ही चुपके रथ जोता गया। लोगों को सोते ही छोड़कर राम आगे निकल गए। सबेरा होते-होते रथ काफी फासला तय कर चुका था।

उधर जब लोग सोकर उठे, तो राम को न पाकर हाय! हाय! करने लगे। उन्हें यह भी नहीं मालूम हुआ कि रथ किधर गया है? हारकर सभी अयोध्या लौट आये।

अब रथ गंगा किनारे पहुँचा। वहाँ निषादपति गुह से राम की मित्रता हुई। वहीं से समझा बुझाकर उन लोगों ने सुमन्त को वापस लौटाया। गुह की सहायता से तीनों जने गंगा पार होकर प्रयाग पहुँचे।

प्रयाग में भारद्वाज मुनि रहते थे। बहुत बड़ा आश्रम था। अनेक तपस्वी वहाँ तपस्या कर रहे थे। गंगा-यमुना के संगम पर यह तीर्थ राम को बड़ा ही दिव्य लगा।

यमुना पार करके राम ने फिर जंगल की राह ली। आगे बढ़ने पर महामुनि वाल्मीकि का तपोवन मिला। वाल्मीकि की राय से चित्रकूट की पहाड़ियों में रहने का उन्होंने निश्चय किया।

चित्रकूट की पहाड़ियों में रम्य स्थानों की कमी नहीं थी। अत्रि आदि कितने ही मुनि वहाँ तपस्या कर रहे थे। राम को

स्थान पसन्द आ गया। लक्ष्मण से वह बोले···यहीं कहीं पर्णकुटी तैयार कर लो। अब कुछ दिनों के लिए हम यहीं अपना आसन जमायें।

तीनों आश्रम बनाकर वहीं रहने लगे।

राम के चले जाने पर भी दशरथ को विश्वास नहीं हुआ कि सचमुच राजकुमार वन की ओर गये हैं। सिर धुन-धुनकर महाराज कैकेयी से कहने लगे—कितना जहर जमा कर रक्खा है तूने अपने अन्दर ? राम जैसे देवता स्वरूप राजकुमार को महल से निकालकर किस भाँति तू चैन से समय बितायेगी ?

कहते-कहते राजा आवेश में आ गए और फिर उन्हें गश आ गया।

होश में आने पर दशरथ ने कौशल्या और सुमित्रा को अपनी परिचर्या में पाया। कौशल्या को देखते ही राजा फिर विलाप करने लगे—हाय, हाय ! वैसे कोमल चरणों वाला राजकुमार, गुलाब की पंखुड़ियों से मुलायम चमड़ीवाला वैसी राजकुमारी और सुकुमार लक्ष्मण जंगल की बड़ी खुर्दरी मिट्टी पर से हो कर किस प्रकार चल रहे होंगे। हाय ! तुमने राम को बेकार ही पैदा किया। पाल पोस कर अपने पुत्र की हमने हत्या कर डाली ! रानी ! मेरी प्रियतमे ? जब मैं पिता होकर राम के विछोह को असह्य पा रहा हूँ तो भला तुम्हारे चित्त की क्या दशा होगी ?

अब दशरथ का मन महामन्त्री सुमन्त पर अटक रहा था। उनकी धारणा थी कि सीता को तो राम अवश्य लौटा देंगे।

दो दिन बाद सुमन्त अकेले लौटे। राजा से मन्त्री ने राम के गंगा पार होने तक की कथा कह सुनाई। वह बेहोश होकर जमीन पर गिर पड़े। लोगों ने उन्हें उठाकर पलंग पर लिटाया। थोड़ी ही देर बाद राजा की हालत नाजुक हो गई और—

राम राम कहि राम कहि, राम राम कहि राम।
तनु परिहरि रघुवर विरहं, राउ गए सुरधाम।।

भरत का आगमन

महाराज का प्राणान्त हो गया। शोक का वातावरण अयोध्या पर व्याप्त हो गया।

गुरु वशिष्ठ ने देखा कि राज्य की स्थिति बड़ी विषम हो गई है। इसी तरह कुछ दिन विश्रृँखलित रहने से राज्यों में विप्लव हो जाते हैं। महाराज की मृत्यु हो गई है। राम वनवास के लिए निकल गए हैं। भरत यहाँ हैं नहीं। ऐसी स्थिति में प्रजा कब तक धैर्य रक्खेगी ? महामुनि वशिष्ठ ने इस मसले पर काफी सोचा। उन्होंने तय किया कि भरत और शत्रुघ्न को ननिहाल से अविलंब बुला लेना चाहिए। जब भरत का अभिषेक हो लेगा, तभी स्थिति शान्त होगी।

सड़े नहीं इसलिए एक बड़ी-सी हौद में तेल भरकर राजा की लाश को वशिष्ठ ने उसमें रखवा दिया। फिर सुमन्त से कहकर भरत के लिए दूत भिजवाया। दूत से कह दिया गया—राम के वन जाने का समाचार या महाराज की मृत्यु का समाचार भरत को मालूम न हो।

दूत कई दिनों के बाद भरत के ननिहाल पहुँचा।

जब से अयोध्या में यह सब बातें होने लगीं, तभी से भरत को बुरे सपने आ रहे थे। असगुन हो रहे थे। भरत को बड़ी चिन्ता थी कि बात क्या है। अनेक प्रकार की शंकाएँ चित्त को उद्विग्न कर रही थीं कि इतने में दूत पहुँचा। उसने कहा कुमार, आपको शीघ्र अयोध्या पहुँचना चाहिए।

भरत ने खोद-खादकर असलियत का आभास पाना चाहा,

परन्तु कोई खास बात मालूम न हो सकी। दूत ने बड़ी सावधानी से अयोध्या की दुर्घटनाओं पर चुप्पी की गाढ़ी चादर डाल रक्खी थी।

भरत और शत्रुघ्न दूत के साथ ही अयोध्या की ओर चल पड़े। रास्ते में असगुनों का अन्त नहीं था। सियार दायें से बायें जा रहे थे। कुत्ते अजीब ढंग से रो रहे थे। बिल्लियाँ बार-बार रास्ता काट देती थीं। बायें अंग बुरी तरह फड़क रहे थे।

किसी तरह दोनों राजकुमार अयोध्या आए।

यहाँ का जो हाल था, उसका क्या कहना ? किसी के चेहरे पर प्रसन्नता का चिम्ह नहीं। जहाँ के नागरिक एक दूसरे के मिलने पर मुस्करा पड़ने के आदी थे, वहाँ अब होठों पर उदासी की फीकी छाया नाच रही थी। नगर की श्री और समृद्धि का कहीं पता नहीं था। डरते-डरते भरत राजभवन के नजदीक पहुँचे। उदास देखकर उन्होंने नौकर-चाकरों से कुछ नहीं पूछा। महल में भरत ने न राम को देखा, न लक्ष्मण को। कुमार की आँखें बूढ़े पिता को ढूँढ़ रही थीं—

अपने पुत्र के आगमन का समाचार सुनकर खुशी के मारे उछलती हुई कैकेयी बाहर आई।

भरत ने प्रणाम किया और पूछा—माँ, क्या बात है ? न पिताजी को देख़ता हूँ, न भाईयों को। कहाँ हैं ये सब ?

कैकेयी ने विजयी स्वर में कहना शुरू किया—भैया, मत पूछो उनका हाल। सब गुड़-गोबर हो रहा था। बेचारी मन्थरा ने हमें सहायता पहुँचाई। राजा ने तुम्हें युवराज बनाया और राम को चौदह साल के लिए वनवासी बना दिया—आओ बेटा ! अब इन आँखों से तुम्हारा अभिषेक देखूंगी।

कैकेयी के मुँह से इन वज्रतुल्य बातें सुनकर भरत का हृदय विदीर्ण हो गया—

सुनि सुठि सहमेउ राजकुमार।
पाकें छत जनु लाग अगारु॥
धीरज धरि भरि लेहिं उसासा।
पापिनि सबहिं भाँति कुल नासा॥
जौं पै कुरुचि रही अति तोही।
जनमत काहें न मारे मोहीं॥
पेड़ काटि तैं पालउ सींचा।
मीन जिअन निति बारि उलीचा॥
जब तैं कुमति कुमत जिय ठयऊ।
खंड खंड होइ हृदउ न गयऊ॥
बर माँगत मन भइ नहिं पीरा।
गरि न जीभ मुँह परेउ न कीरा॥

कैकेयी ने इतना तक कह दिया था कि बेटा, बूढ़े राजा की चिन्ता करना बेकार है। आज न सही, कल मरते तो वह अवश्य। और, राम को वनवासी जीवन बिताने की अपनी इच्छा ही प्रबल थी। मैंने तो कुछ नहीं कहा था। कहा था इतना ही कि कुछ दिनों के लिए कहीं बाहर घूम आओ।

भरत अपनी माँ को कोस ही रहे थे कि मन्थरा आ पहुँची। उस बुढ़िया को अपनी सूझ समझ पर बड़ा ही घमण्ड था। भरत ने गुस्से में भरकर उसकी ओर देखा। कुछ बोले नहीं। शत्रुघ्न से न रहा गया—ओ बुड्डी, सारे अनर्थों की जड़ सब तू है—यह कहकर उसके कूबड़ पर शत्रुघ्न ने जमकर एक लात लगाई। वह ऐंच गई। फिर शत्रुघ्न ने बाल पकड़कर बुढ़िया को आँगन में घसीटना शुरू किया। आखिर भरत के बीच बचाव से उसके प्राण बचे।

फिर दोनों राजकुमार कौशल्या के यहाँ गए। उनको पता था कि इन घटनाओं में भरत का कोई हाथ नहीं। इसलिए भरत के प्रति कौशल्या के मन में रत्ती भर भी विकार पैदा नहीं

हो सका।

भरत को छाती से सटाये देर तक कौशल्या रोती रही। पीछे उन्होंने भरत को समझाया—जो होना था, हुआ। इसमें किसी का दोष नहीं। कैकेयी भी निरपराध है। उस पर नाराज होने से क्या लाभ? सिवाय धैर्य के अब और कौन हमारा सहारा रह गया? सबसे पहला काम तुम्हें जो करना है, वह है राजा के मृत शरीर का अन्तिम संस्कार। उठो बेटा!

बड़ी माँ की बातें सुनकर भरत को थोड़ी तसल्ली हुई।

महागुरु वशिष्ठ पहुँच गए। उन्होंने भी भरत को अनेक प्रकार की बातें समझाईं।

इसके उपरान्त महाराज अयोध्यापति दशरथ की अर्थी निकली। उसे धूमधाम से लोग सरयू के किनारे ले गए। भरत ने स्वयं अपने हाथों महाराज का अग्नि-संस्कार किया।

फिर ठाठ बाट से महाराज का श्राद्ध भी संपन्न हुआ।

यह सब हो जाने पर कौशल्या और वशिष्ठ ने एक दिन पास बैठाकर भरत से कहा—बेटा, राजा राज्य तुमको दे गए हैं। तुम्हें ही गद्दी पर बैठना होगा। राम के वापस आने पर फिर तुम अपने मन के मुताबिक काम करना।

दृढ़तापूर्वक भरत की ओर से उत्तर आया—बड़े भाई के रहते भला किस मुँह से गद्दी पर बैठूँगा। मेरी इच्छा हो रही है कि जंगल में जाकर उनसे मिलूँ। उन्हें मनाने की चेष्टा करूँ। वे बड़े दयालु हैं। मेरी प्रार्थना को नहीं ठुकराएँगे। रही काम संभालने की बात। सो उसके लिए क्या आप लोग काफी नहीं हैं?

भरत चित्रकूट की ओर

भरत की इच्छा थी कि अकेले ही राम के पास जाऊँ। मगर उनके जाने की बात सब जगह फैल गई और दूसरे भी बहुत-से लोग साथ चलने को तैयार हो गए। वह किसको "हाँ" कहते और किसको "ना" कहते।

नागरिकों की चित्रकूट चलने की तैयारियाँ देखकर भरत ने सोचा—नहीं, सबका चलना ठीक नहीं।

अपने मन्त्रियों और कारपरदाजों को बुलाकर भरत ने समझाया—सबका चलना ठीक नहीं। यह सारा राज्य, समूचा कोष, सभी सामग्री राजा रामचन्द्र की है। उनकी अनुपस्थिति में इस वैभव के संरक्षण की जिम्मेवारी हमारे कन्धों पर आ पड़ी है। यदि सभी चित्रकूट चलेंगे, तो यहाँ की रखवाली कौन करेगा?

लोग मान गए। स्वामिभक्त नागरिकों और राजपुरुषों ने उत्तरदायित्व का अनुभव करके अपने मन को थाम लिया। इस प्रकार राज्य के प्रबन्ध सम्बन्धी कार्यों की ओर से निश्चिन्त होकर भरत भाई से मिलने चले। माताएँ साथ थीं। गुरु वशिष्ठ साथ थे, कुछ मन्त्री भी थे। सेना और प्रजा में से कुछ प्रमुख व्यक्ति साथ थे। पहले भरत ने रथ पर जाना अस्वीकार कर दिया था। उन्हें पैदल चलते देखकर बाकी लोगों ने भी रथ का इस्तेमाल नहीं किया। पीछे कौशल्या के समझाने पर भरत रथ पर चढ़े। औरों ने भी अनुसरण किया।

दूसरे दिन भरत निषाद राज्य में पहुँचे। राजकुमार को लाव-लश्कर के साथ देख निषादराज के मन में खटका हुआ। उसने सोचा कि भरत भविष्य के लिए भी शत्रु की ओर से

निश्चिन्त होना चाहता है। वह श्रीराम को जंगल में भी नहीं रहने देना चाहता। इसीलिए फौज लेकर पीछा कर रहा है।

गुह की रामचन्द्र के साथ काफी घनिष्टता हो गई थी। राम का रत्तीभर भी अहित हो, वह ऐसा नहीं चाहता था। इसीलिए अपनी जमात के आदमियों को लेकर निषाद राजा भरत से मोर्चा लेने चला।

परन्तु, उसे यह मालूम होते देर न लगी कि भरत भाई को मनाने जाते हैं, पछाड़ने नहीं। फिर तो निषादराज ने भरत का खूब स्वागत किया। उसी की सहायता से भरत सदल बल गंगा पार उतरे।

गंगा पार उतरकर भरत भारद्वाज मुनि के अतिथि बने। दूसरे दिन प्रातःकाल नाव से यमुना नदी को पार किया।

इस प्रकार कुछ दिनों में चित्रकूट के समीप पहुँचे।

जंगली लोगों ने राम को यह खबर सुनाई कि कुछ आदमियों की भीड़, हाथी घोड़ा और रथ पर सवार इधर आ रहे हैं। राम ने सोचा मिलने आ रहे हैं, मगर लक्ष्मण राम के इस विचार से सहमत नहीं थे। पेड़ पर चढ़कर लक्ष्मण ने देखा तो अपने परिचित रथ की पताकाओं को पहचानते उन्हें तनिक भी देर न लगी। राम से उन्होंने कहा—भैया, मैं तो पहले से ही कहता आ रहा हूँ। यह भरत भी तो आखिर कैकेयी का बेटा है न? सोचा होगा, चौदह वर्ष बीत जाने पर ये लोग फिर छाती पर सवार होंगे। चलो, जंगल में ही जाकर उन्हें चित्त कर दें। न रहेगा बाँस, न बजेगी बाँसुरी।...लेकिन यह भरत की भूल है। इस बार अपनी जान से उसे हाथ धोना पड़ेगा। कोई भी देवता उसकी रक्षा नहीं कर सकते।...

लक्ष्मण के होंठ फड़कने लगे। आँखें लाल हो आईं।

पीठ पर हाथ फेरते हुए राम ने लक्ष्मण को समझाया—

व्यर्थ, तुम्हारा यह क्रोध बिना कारण का है। भरत-सा भाई संसार में न कभी पैदा हुआ, न होगा। तुमने अभी तक उस बेचारे को समझा नहीं। कोशल तो कोशल ही ठहरा, समूचे भूमण्डल का राजा बना दोगे, तो भी भरत के मन से सरलता नष्ट न होगी।

इतने में भरत नजदीक आ गए। गजब की सादगी थी। उन्हें देखने से ऐसा नहीं लगता था कि कहीं के राजा हैं। निराडम्बर भेष, शान्त मुखमंडल एक अद्भुत प्रभाव डाल रहा था। राम को देखते ही भरत भूमि पर लेट गए।

राम का ध्यान उस ओर न था, परन्तु लक्ष्मण की दृष्टि भरत पर पड़ी। उन्हें वैसी स्थिति में देखकर झेंप गए। अपने को संभालकर उन्होंने राम से कहा, भैया भरत आए हैं और आपको प्रणाम कर रहे हैं।

राम ने उठकर भरत को छाती से लगा लिया। थोड़ी देर तक किसी के मुँह से कोई बात न निकली। आँखों से अविरल अश्रुधारा बह रही थी। ममता और स्नेह के बाँध टूट गए थे। बड़ी देर तक दोनों भाई निःशब्द खड़े रहे। उसके बाद भरत की पीठ पर हाथ फेरते हुए राम ने पूछा—कहो भाई, कैसे रहे।

भरत के मुँह से कोई बात न निकली। थोड़ी देर बाद और लोग भी आश्रम में पहुँच गए। राम सभी से प्रेमपूर्वक मिले। राम और लक्ष्मण ने सबके टिकने की व्यवस्था की। राम को इस अवस्था में देखकर माताएँ रोने लगीं। सिर पर जटा, दुकूल की जगह वल्कल। यह तो राजकुमारों को भेष में नहीं। राम और लक्ष्मण दोनों तरुण तपस्वी जैसे लगते थे। इस विरक्त भेष में अपने पुत्रों की कल्पना करना कौशल्या आदि के लिए कितने दुख की बात थी। सीता की भी वेशभूषा ऐसी थी।

थोड़ी देर बाद राम ने पिता का समाचार पूछा। पिता के बारे में पूछे जाने पर भरत रोने लगे। रोते-रोते ही कहा—भैया,

आपका वियोग महाराज नहीं सह सके। मेरे अयोध्या पहुँचने के पहले ही उनकी पुतलियाँ उलट चुकी थीं। उनका श्राद्ध सम्पन्न हो गया। अब मैं आपको लौटाने आया हूँ। अयोध्या चलिए।

पिता की मृत्यु का समाचार सुनकर राम को बड़ी रुलाई आई। दबा हुआ दुःख जोरों से उमड़ आया। उधर माताएँ भी रो रही थीं। महामुनि वशिष्ठ के लिए यह दृश्य और भी असह्य था। उन्होंने सभी को समझा बुझाकर शान्त करने की चेष्टा की।

राम ने पिता का श्राद्ध किया।

दो एक दिन और भी सभी शोक में डूबे रहे। फिर वशिष्ठ ने सोचा यहाँ से जाने का मन किसी का भी नहीं हो रहा है। राम लौटकर अयोध्या आएँगे इस बात की तनिक भी संभावना मुझे दिखाई नहीं पड़ती। तो फिर क्या होगा, दोनों भाई को यही तो आपस में तय कर लेना है।

वशिष्ठ ने भरत से कहा—बेटा, जिस लिए तुम यहाँ आए हो अब वह बात होनी चाहिए।

भरत ने निश्चय किया कि वह कल राम से मिलकर किसी न किसी निश्चय पर अवश्य पहुँचेंगे।

अगले रोज सवेरे ही राम की कुटी के सामने परिषद जुटी। भरत ने कहा—भैया, आपके बिना अयोध्या में रहना हमारे लिए असम्भव है। हम सदा साथ रहे, साथ ही हमने शिक्षा पाई। अब अकेला मैं किस प्रकार इतनी बड़ी जिम्मेदारी को सँभाल सकूँगा। धरती, आकाश और देवता साक्षी हैं कि कभी मैंने ऐसा नहीं सोचा कि भाई को वनबासी बनाकर स्वयं राजा बनूँगा। न जाने मेरी माँ को क्या हो गया, जिसके कारण इतना बड़ा कुकांड मच गया। प्रभु, आपको चलना ही होगा।

राम ने मधुर और गंभीर वाणी में भरत को समझाया—

भाई भरत—

रघुकुल रीति सदा चली आई।
प्राण जाई बरु वचन न जाई॥

देखो, पिताजी ने अपने वचन को पूरा करने के लिए कितना कष्ट सहा? वह हमारे समक्ष अपना ज्वलन्त उदाहरण उपस्थित कर गए हैं। मर जाना अच्छा है—अपने वचन से हटना अच्छा नहीं। हमारा कर्तव्य है कि अपनी प्रतिज्ञाओं पर दृढ़ रहें, कुल को कभी कलंकित न होने दें।

और भी लोगों ने राम को समझाया, परन्तु वह अन्त तक यही कहते रहे कि पिता की आज्ञा का पालन ही हमारा सबसे बड़ा कर्त्तव्य है। अपने कर्त्तव्य से विमुख होने की अपेक्षा पानी में डूब मरना अच्छा है। चौदह साल जंगल में बिताकर फिर मैं अयोध्या लौट आऊँगा। अभी लौटने पर सारा संसार मुझे बदनाम करेगा।

इसी समय मिथिला के महाराजा जनक के दूत आ पहुँचे। उन्होंने जनक के आने का समाचार सुनाया। परिषद विसर्जित हो गई। सब लोठ जनक की अगवानी के लिए उठ खड़े हुए।

राम, लक्ष्मण, भरत, वशिष्ठ के साथ जनक का स्वागत करने आगे बढ़े।

जनक ने राम को तपस्वी के रूप में देखा, तो उन्हें खेद नहीं हुआ। वह गम्भीर स्वर में बोले—राम, तुमने यह बड़ा ही अच्छा किया कि पिता के कहने से राज्य छोड़ दिया और वन में आ गए। यह त्याग रघुवंश की उज्ज्वल परम्परा को और भी उज्ज्वल बना रहा है। समय बीतते क्या देर लगेगी, परन्तु तुम्हारी यह कीर्ति कभी नष्ट नहीं होगी।

लक्ष्मण ने जनक के ठहरने का प्रबन्ध किया।

फिर आपस में बातें होने लगीं। किसी की राय में भरत को राम के साथ वन में रहना चाहिए और लक्ष्मण को अयोध्या लौट जाना चाहिए, कोई कहता राम अयोध्या लौट चलें और

भरत आदि तीनों भाई वनवासी बनें।

इस तरह कई बातें हो रही थीं। समस्या का कोई समाधान हो नहीं पा रहा था। राम ने सोचा, इस तरह तो लोग टस से मस नहीं होंगे। कोई युक्ति लगानी चाहिए। वशिष्ठ के पास जाकर राम ने कहा—गुरुवर, जंगल में रहते लोगों को कई दिन हो गए हैं। नाहक हो तकलीफ उठाने से क्या फायदा।

वशिष्ठ ने जवाब दिया—राम, इसमें कष्ट की क्या बात है। तुम्हारा मुँह देखकर लोग सारी तकलीफें भूल जाते हैं।

दूसरे दिन फिर दरबार हुआ। आज की परिषद् में वशिष्ठ और जनक भी थे। लोगों ने कई तरह के विचार उपस्थित किए। अन्त में फैसला राम पर ही छोड़ दिया गया। जनक ने कहा—इस समय अयोध्या के राजकुल में सबसे बड़े हैं श्रीरामचन्द्र। भरत का स्वार्थ इसी में है कि राम जंगल न जाएँ, किन्तु भरत अकेले इतना भारी बोझ कैसे उठावेंगे। राम की जो आज्ञा होगी, भरत के लिए वह मान्य होनी चाहिए।

जनक की बात सभी को रुची। लोगों ने कहा—फैसला राम को ही देना चाहिए। राम बोले—हमारे लिए सबसे बड़ी बात है पिता की आज्ञा का पालन। ऐसे तो मैं भी मनुष्य हूँ, भरत के प्रति मेरी जो वत्सलता है, वह मुझे बाध्य कर रही है कि उनके कंधों पर भार न पड़ने दूँ, परन्तु धर्म की दृष्टि से मैं पिता की आज्ञा का ही पालन करना चाहता हूँ। जब तक मैं नहीं आता हूँ। जब तक भरत यह भार संभालें। चौदह वर्ष पूरे होने पर मैं लौट आऊँगा।

भरत ने कहा—भैया, आपकी आज्ञा शिरोधार्य है परन्तु राज-काज कैसे चलाया जाता है, यह मुझे मालूम नहीं।

राम बोले—भरत, तुम्हारे अन्दर सब कुछ करने की क्षमता विद्यमान है। परामर्श तुम्हें गुरु वशिष्ठ और महाराज जनक से मिलते रहेंगे। तुम घबराते क्यों हो?

यह बात सुनकर सभी लोग राम की तारीफ करने लगे।

भरत की वापसी

चार पाँच दिन तक भरत चित्रकूट के तीर्थों के दर्शन करते रहे। राम ने कहा—देखो, अयोध्या सूनी पड़ी है। तुम कब तक बाहर रहोगे। जल्दी लौट जाओ। वहाँ राज-काज का संचालन शान्तिपूर्वक करना। प्रसन्न चित्त रहना, चिन्ता की जरूरत नहीं।

भरत ने सिर झुकाकर राम की आज्ञा स्वीकार की, परन्तु चित्त को सन्तोष नहीं हुआ। वह कुछ सहारा चाहते थे। बिना उसके भरत का चित्त घबरा रहा था

भरत बोले—भैया, आपकी बात मैंने मान ली, परन्तु मुझे कोई निशानी दीजिये। बिना उसके मेरा मन ठिकाने नहीं लगेगा।

राम ने अपनी खड़ाऊँ भरत को दे दी। भरत को बड़ी खुशी हुई। गद्गद होकर उन्होंने कहा—प्रभु, यह खड़ाऊँ सिंहासन पर रखी रहेगी। इसे मैं अपका प्रनितिधि समझता हूँ। काम तो सारा मैं ही करूँगा, मगर गद्दी पर यही विराजती रहेगी। आप मुझे आशीर्वाद दीजिए कि भलीभाँति मैं अपने कर्त्तव्य को पूरा कर सकूँ।

अब सभी अयोध्या लौट रहे थे। वशिष्ठ, जनक, कौशल्या आदि सबसे राम गले मिले, उन्हें प्रणाम किया।

कौशल्या बोलीं—बेटा, मैं तो पहले से ही समझती थी कि तू बिना चौदह साल बिताए अयोध्या नहीं लौटेगा। भरत का उत्साह न टूटे इसी से सुमित्रा और मैं यहाँ तक आई।

जनक और वशिष्ठ ने राम के इस निर्णय को सराहा।

आशीर्वाद देकर वह बिदा हुए।

भरत अपने गुरुजन और प्रजाजन के साथ राजधानी लौट आए। अच्छे मुहूर्त में राम की खड़ाऊँ को सिंहासन पर स्थापित कर दिया।

लाभदायक उपदेश देकर वशिष्ठ अपने आश्रम को लौट गए।

महाराज जनक जब बिदा होने लगे, तो भरत ने दोनों हाथ जोड़कर कहा, अभी तक आप पर अपने ही राज का भार था, परन्तु अब कौशल की निगरानी का भी भार आप ही को उठाना पड़ेगा। महाराज, आपकी महिमा का पार नहीं। आपकी क्षमताओं का अन्त नहीं, अधिक क्या कहूँ। अपने अमूल्य उपदेशों से आपने हमारे हृदय को अत्यन्त निर्मल बना दिया है।

उत्तर में जनक ने कहा—तात, तुम लोगों की दृढ़ता देखकर मुझे बड़ी प्रसन्नता हुई है। राम का और तुम्हारा यह आचरण प्रख्यात सूर्यवंश को और भी प्रख्यात करेगा। इस कथा को आधार बनाकर ही आगे कविजन काव्य की रचनाएँ करेंगे।

राजा जनक चले गए।

अब भरत ने शत्रुघ्न को पास बैठाकर कहा—भाई मेरे, अब मैं नन्दि ग्राम में रहकर तपस्या करूँगा। राज्य के कार्यों का प्रबन्ध जो मैं न कर सकूँ, उन्हें तुम पूरा करना। देखो, यह श्री रामचन्द्र की खड़ाऊँ सिंहासन पर विराजमान है। राज्य अधिस्वामिनी यह खड़ाऊँ ही होंगी। इसका हम उसी प्रकार सम्मान करें, जैसे राजा राम का।

शत्रुघ्न को समझा-बुझाकर भरत नन्दिग्राम चले गए। कुटी बनाकर वहीं रहने लगें। राज-काज से फुर्सत मिलने पर जो भी समय बचता, उसे वह व्रत उपवास और तपस्या द्वारा आत्मशोधन में लगाते। भरत का जीवन मुनियों का जीवन हो गया।

देह दिनहिं दिन दूबरि होई।
घटे न तेज बल मुख छबि सोई।।
लखन राम सिय कानन बसहीं।
भरत भवन बसि तप तसु बसहीं।।

पंचवटी की ओर

राम ने सोचा, यहाँ अधिक दिन रहने पर अयोध्या से कोई न कोई आता ही रहेगा। आगे बढ़ना चाहिए।

तीनों चित्रकूट छोड़कर आगे चले गए। जंगल और पहाड़ लोगों का पता नहीं। यत्र-तत्र जंगली मनुष्य दिखाई पड़ते। कहीं-कहीं राक्षसों से भी मुठभेड़ हो जाती।

इस प्रकार काफी आगे निकल जाने पर वे लोग फिर रुक गए। फिर कुटिया बनाई गई। तीनों शान्ति और सन्तोष से रहने लगे।

इन्हीं दिनों देवराज इन्द्र का पुत्र जयन्त कहीं से घूमता-घामता वहाँ आ पहुँचा। सीता को देखकर उसके मन में विकार पैदा हुआ। कभी-कभी राम अपने हाथों से सीता का शृंगार किया करते थे। रंग-बिरंगे सुगन्धित फूलों से जूड़ा बाँध देते। कंगन, हार और नुपूर की जगह फूलों की मालाएँ पहना देते। इससे उनका सौन्दर्य चारगुना अधिक हो जाता। ऐसे ही समय में कभी जयन्त ने सीता को देखा था।

जयन्त ने राम को मामूली राजकुमार समझा। उसने सोचा इस आदमी में कितनी ताकत होगी देखना चाहिए।

जयन्त ने कौवे का रूप धारण किया। सीता के स्तन में चोंच मारी। स्तन से लहू बह निकला। घाव से सीता कराहने लगी, तो राम का ध्यान कौवे की दुष्टता पर गया।

राम को उस दुष्ट कौवे पर बड़ा ही गुस्सा आया। यह ढीठ कौवा आखिर था कौन ? इसका पता जब चला, तब तो रामचन्द्र का क्रोध और भी भड़क गया। उन्होंने तत्काल तीर मारा। जयन्त भाग निकला, तीर भी पीछे-पीछे उसे खदेड़ने लगा, पर कोई भी उसकी रक्षा के लिए सामने नहीं आया।

नारद ने जयन्त की व्याकुलता देखी, तो उसे परामर्श दिया—जाओ, उन्हीं श्रीराम के चरणों में गिरो, इस संकट से वही तुम्हें उबारेंगे।

झक मारकर जयन्त राम की शरण में आया और प्राण की भिक्षा माँगने लगा।

राम को दया आ गई। उन्होंने कहा—देखो, मेरा छूटा हुआ तीर बेकार तो जायगा नहीं, अपनी एक आँख उसके लिए तुम छोड़ दो, फिर तुम्हारी जान बच जाएगी।

इस तरह किसी प्रकार जयन्त के प्राण बचे।

राम के पास बराबर ऋषि, मुनि और गृहस्थ लोग दर्शनों के लिए आया करते। राम को यह इसलिए अच्छा नहीं लगा था कि इनकी देखा-देखी अयोध्या के लोग भी आने लग जायेंगे।

लक्ष्मण से परामर्श लेकर उन्होंने वह जगह भी छोड़ दी।

आगे चलकर वे लोग दंडक वन में पहुँचे। अत्रि मुनि का आश्रम वहीं पर था।

महामुनि अत्रि अपनी स्त्री के साथ उसी वन में रहते थे। स्त्री का नाम अनसुया था। वह बड़ी गुणवती महिला थीं। अपना सारा जीवन उन्होंने पति की सेवा में बिताया था।

राम, सीता और लक्ष्मण ने आश्रम में पहुँच कर मुनि तथा मुनि-पत्नी को प्रणाम किया।

अनसुया ने सीता को कई बातें बताई। उसने कहा—जनक नन्दिनी, माँ, बाप, भाई और दूसरे स्वजन परिजन स्त्री को कुछ

देंगे, तो नाप तोलकर या गिन चुनकर ही देंगे। परन्तु, पति जो कुछ देता है, वह पत्नी के लिए अमित दान होता है। पति नाप तोलकर या गिन चुनकर नहीं देता, उसकी देन बेहिसाब होती है और बेहद भी···आपत्तिकाल में ही धैर्य, धर्म, मित्र और स्त्री की परीक्षा होती है। इस प्रकार अनसुया ने सीता को अनेक उपदेश दिए।

उस दिन राम अत्रि मुनि के ही आश्रम में रहे। आगे घनघोर जंगल था। मुनि की आज्ञा लेकर राम ने उसमें प्रवेश किया।

वह जंगल ऐसा बीहड़ था कि दिन में सूर्य की किरणें उसकी धरती को छू नहीं पाती थीं। भयानक विशालकाय वनस्पति, उनकी फैली हुई शाखाएँ, मोटी-मोटी लताओं से लिपटी हुई डालें, नाना प्रकार के पक्षियों की चहचही। रास्ता संकरा था। कहीं-कहीं लताएँ राम के बालों से उलझ जातीं। मकड़ी के जाल तोड़कर वे आगे बढ़ रहे थे। अभी तक इतना भयानक जंगल उन्होंने नहीं देखा था।

कुछ दूर बढ़ने पर एक बड़ा भयंकर राक्षस खड़ा दिखाई दिया। वह डील-डौल में बड़ा तगड़ा था। उसने जब इन तीनों को देखा, तो सामने का खाना छोड़कर दौड़ा आया और सीता को ले भागा।

राम चिन्ता में पड़े। आंखों के सामने अँधेरा छा गया। लक्ष्मण ने कहा—खाली चिन्ता करने से लाभ ? दुश्मन को पक-ड़ना चाहिए।

दोनों भाई ताबड़-तोड़ उस पर तीर चलाने लगे। मगर तीर का कोई असर उस पर हो नहीं रहा था। टकरा-टकराकर तीर गिर पड़ता था। राक्षस गरजकर बोला—तुम्हें पता नहीं कि मैं विराध नाम का राक्षस हूँ। मुझे ब्रह्मा जी का वरदान प्राप्त है। तुम्हारा कोई अस्त्र-शस्त्र मेरा कुछ बिगाड़ न सकेगा।

भाग जाओ, नहीं तो कच्चा खा जाऊँगा।

विराध एक त्रिशूल लेकर राम और लक्ष्मण की ओर दौड़ा सीता को उसने अलग बैठा रक्खा था।

राम लक्ष्मण ने तीर मार-मारकर उसके हाथ का त्रिशूल काट डाला। तब वह दोनों भाइयों को कंधे पर बैठा कर चल पड़ा।

सीता रोने लगीं···बोलीं, मुझे भले ही मार डालो, लेकिन इन दोनों को छोड़ दो।

इसी समय राम-लक्ष्मण ने विराध की दोनों भुजाओं को मरोड़ डाला। राक्षस हाथ टूटने की पीड़ा से छटपटाने लगा और अचेत होकर धड़ाम से गिरा।

राम और लक्ष्मण दनादन उस पर तीर चला रहे थे, पर वह मरता ही न था। तब राम ने लक्ष्मण से कहा—यह ऐसे न मरेगा भाई। चलो गढ़ा खोदकर उसमें इसको गाड़ दें।

अब विराध घबराया। उसे पूर्वजन्म की स्मृति ताजा हो आई।

पूर्व जन्म में वह गन्धर्व था। तूम्बक था उसका नाम। कुबेर के श्राप से वह राक्षस हो गया था। उसकी तपस्या से प्रसन्न होकर ब्रह्मा ने उसे वर दिया था कि वह किसी प्रकार के अस्त्र-शस्त्र से नहीं मरेगा। कुबेर ने कहा था कि त्रेता में राम लक्ष्मण के हाथों तेरा उद्धार होगा।

हाथ जोड़कर उसने अपनी कहानी राम को सुनाई। कुछ रुककर फिर कहा महाराज मेरा समय पूरा हो गया। मैं फिर गन्धर्व हो जाऊँगा।

लक्ष्मण ने अब तक गढ़ा खोद डाला था। विराध को उन्होंने उसी में गाड़ दिया।

आगे चलकर तीनों सभंग के आश्रम में आये। मुनि महाराज का निश्चय था कि रास के दर्शन करने के बाद ही शरीर

छोड़ूँगा। अब श्रीराम के दर्शन हो चुकने पर मुनि स्वर्ग सिधार गए।

यहाँ दूसरे मुनियों से रघुनन्दन श्रीरामचन्द्र को मालूम हुआ कि राक्षसों का इस वन में बड़ा ही जोर है। उन्होंने प्रतिज्ञा की कि एक-एक राक्षस का संहार करूँगा।

वहाँ से चलने पर सुतीक्षण मुनि से भेंट हुई। यह अगस्त्य के शिष्य थे। बहुत दिनों तक इन्होंने अगस्त्य के आश्रम ही में तपस्या की थी। अगस्त्य स्वय महान तपस्वी थे। जो काम किसी से न हो, वह काम अगस्त्य चुटकी बजाते कर देते। एक बार समुद्र पर वह कुपित हुए तो चुल्लू में लेकर उसे पी गये।

अपने आश्रम में राम और लक्ष्मण को देखकर अगस्त्य मुनि को बड़ी प्रसन्नता हुई। उन्होंने दोनों राजकुमारों का दिल खोलकर स्वागत किया। अगस्त्य ने राम को एक ऐसा तरकस दिया जिसके बाण कभी खतम नहीं होते थे। राम ने उनसे पूछा—महाराज, घूमते-फिरते हमें बहुत दिन हो गए। अब कोई ऐसी जगह बताइए, जहाँ चार-छः महीने हम टिक सकें।

अगस्त्य ने दक्षिण की ओर हाथ उठाकर कहा—हे महाबाहो, उधर कुछ दूर पर गोदावरी मिलेगी उसी के किनारे पंचवटी एक स्थान है। सुन्दर और हरा-भरा। वहीं जाकर आप लोग निवास कीजिए। गोदावरी नदी का जल बड़ा ही स्वच्छ और स्वादिष्ट है। वहाँ आपका मन भी लगेगा और स्वास्थ्य भी अच्छा रहेगा।

कई दिन चलने के उपरान्त तीनों जने पंचवटी पहुँचे। वह जगह वास्तव में खूब पसन्द आई। लक्ष्मण ने कुटिया बनाई। सभी सुखपूर्वक वहाँ रहने लगे।

शूर्पणखा की माया

तीनों बड़े आराम से पंचवटी में रह रहे थे।

वहाँ न फलों की कमी थी न कन्दों की। सीता के लिए मनोरंजन की सामग्रियाँ भी काफी थीं। विविध प्रकार की वनस्पति थीं। सैकड़ों तरह के फूल मन को लुभाये रहते। रंग-बिरंगी तितलियाँ और उड़ने वाले कीड़े, इससे पहले सीता ने इतनी बड़ी तादाद में नहीं देखे थे। देवर से कहकर बरगद की मोटी डालों में कभी वह झूला डलवाती और पति के साथ उस पर झूलती। हरिण और वानर, जंगली गाय आदि उसके पालतू हो गए थे।

लक्ष्मण का जीवन वहाँ सरल नहीं था, कठिनाइयों से भरा था। भाई और भाभी की सुविधाओं का ख्याल रखना आश्रम की रखवाली, कंद-मूल, फल, दूध, ईंधन और दाना-पानी का सारा प्रबन्ध लक्ष्मण ही करते। रात में वह शायद ही कभी सोते। धनुष चढ़ाए, तीर ताने आश्रम के चारों ओर चक्कर लगाया करते। मायावी राक्षसों का खतरा कम नहीं था। उनके सम्बन्ध में वे कई तरह की अजीब कहानियाँ सुन रहे थे। लक्ष्मण को इस बात की बड़ो चिन्ता थी कि किसी प्रकार का अनिष्ट भाई और भाभी का न हो। सीता और राम अपने वनवास की अवधि को सकुशल बिताए जायँ, लक्ष्मण के वनवासी जीवन का एकमात्र यही उद्देश्य था। स्वयं अपने लिए अलग से वह कुछ नहीं चाहते थे।

एक बार की बात है। राक्षसराज रावण की बहन शूर्पणखा घूमते-घामते पंचवटी आ धमकी। कुटी में राम और सीता सो रहे थे। लक्ष्मण पहरा पर थे।

शूर्पणखा ने दूर से ही लक्ष्मण को देखा। उस गोरे राजकुमार की सुन्दरता पर वह लट्टू हो गई। देर तक टकटकी लगाकर उसे देखती रही। सामने आकर खड़ी हुई, तो लक्ष्मण चौंके। दुष्टा ने अत्यन्त सुन्दरी स्त्री का रूप धारण कर लिया था! आश्चर्य। इस बियावान जंगल में रात के समय ऐसी सुन्दरी कहाँ से आ धमकी?

लक्ष्मण आश्चर्य में पड़ गए। सुन्दरी मीठी आवाज से बोली—सुकुमार, आप कौन हैं? तीर-धनुष लेकर किसकी चौकसी कर रहे हें?

लक्ष्मण ने कहा—कौशल के महाराज दशरथ का मैं पुत्र हूँ। मेरे भाई और भाभी कुटी के अन्दर सो रहे हैं।

थोड़ी देर तक राक्षसी ने हाव-भाव दिखाकर चाहा कि लक्ष्मण के मन को रिझाए, परन्तु वह इसमें असफल रही।

थोड़ी देर बाद लक्ष्मण से उसने कहा—वीर वर, मेरी और आपकी जोड़ी कैसी अच्छी रहेगी। मैं लंका की राजकुमारी और आप अयोध्या के राजकुमार। मन के लायक पति मुझे मिल नहीं रहा था। आज सौभाग्य से आप नजर आए हैं। मैं अभी तक कुँवारी हूँ। आपके प्रति मेरे हृदय में स्नेह उत्पन्न हो रहा है। आपको देखते ही एस हृदय में एक प्रकार के उद्दीपन का आविर्भाव हुआ।

बड़ी देर तक लक्ष्मण को वह समझाती रही। परन्तु उन्होंने रत्ती भर भी ध्यान नहीं दिया।

राम की भी नींद टूट चुकी थी। उठकर वह बाहर आए सीता भी बाहर आई।

लक्ष्मण ने शूर्पणखा की ओर ताकते हुए राम की तरफ संकेत किया। वह राम के पास जाकर बोली—कितने सुन्दर हैं आप। आपके शरीर की कान्ति नीलकमल को मात करती है और आपकी आँखें…?

राम ने कहा—रहने भी दो। तुम कौन हो ?

वह बोली मैं लंका की राजकुमारी हूँ। समूचा भूमंडल में भटक आयी, परन्तु अनुकूल पुरुष नहीं दिखाई पड़ा। जिसके गले में जयमाल डालती। आज अपने जीवन में पहली बार मैं एक पूर्ण पुरुष को देख रही हूँ। आप मुझसे विवाह कर लीजिए।

सीता की त्यौरियाँ तन गईं। चेहरा तमतमा आया। वह सोच रही थीं कि कहाँ से यह चुड़ैल आई है ?

लक्ष्मण को सन्देह हुआ कि वह मानवी नहीं, दानवी है। मगर वह चुप रहे। राम ने कहा। मैं तो विवाहित हूँ। मुझसे तो तुम्हारा मनोरथ पूरा नहीं होगा। वह देखती हो, लक्ष्मण अकेले हैं, उनसे कहो।

शूर्पणखा फिर लक्ष्मण के पास आई लक्ष्मण ने एक बार फिर उसे टरका दिया।

अब शूर्पणखा को बड़ा गुस्सा आया। स्त्रियाँ और प्रकार का अपमान बर्दाश्त कर लेती हैं, परन्तु उस अपमान को बर्दाश्त करने को तैयार नहीं होती, जो प्रणय की प्रार्थना को ठुकराने से होता है।

आग होकर शूर्पणखा ने अपना असली रूप धारण किया। जोरों से गरजने लगी और मुँह बनाकर सीता को खाने दौड़ी। सीता थरथर काँपने लगी कि चट से लक्ष्मण ने तलवार निकाली और राक्षसी के नाक-कान काट लिए।

शूर्पणखा बिलबिलाकर भाग गई।

खरदूषण वध

उसी जंगल में शूर्पणखा के भाई रहते थे। खर और दूषण। दोनों ही बलवान थे। चौदह हजार राक्षसों की पल्टन उनके

पीछे थी। उन्होंने दंडक वन को उजाड़ बना रखा था। यों तो वे सारे रावण की प्रजा थे, परन्तु इस जंगल में खरदूषण ही उनके मुखिया थे।

नाक-कान कटवाकर शूर्पणखा अपने भाइयों के यहाँ आई।

किसने तुम्हारी यह दुर्दशा की है ? उन्होंने कड़ककर पूछा।

खर, दूषण को क्रोध हुआ कि यहाँ कौन है, जो ऐसी हिमाकत करेगा ? उन्हें इस बात से आश्चर्य भी कम नहीं हुआ। शूर्पणखा दर्द से बेहोश होकर गिर पड़ी। चेतना लौट आने पर उससे फिर पूछा गया।

शूर्पणखा बोली—अयोध्या के राजकुमार राम और लक्ष्मण यहाँ से उत्तर की ओर इसी जंगल में रह रहे हैं। उनके साथ एक परम सुन्दरी स्त्री है। उन्हीं लोगों ने हमारी यह बुरी गति की है। मेरे लिए यदि रत्ती भर भी माया मोह तुम्हारे हृदय में हो, तो अयोध्या के उन राजकुमारों से मेरे इस अपमान का बदला अवश्य लो। बिना उनका खून पिए प्रतिशोध की मेरी आग इसी भाँति धू-धू कर जलती रहेगी। जाओ भाई ! जल्दी करो।

अच्छा,...खर दूषण ने कहा। अब उन्हें अयोध्या के राजकुमारों को पकड़ने की चिन्ता हुई। अपने-अपने दल के साथ वे चल पड़े।

राक्षसों की सेना को सामने आते देखकर राम समझ गए कि यह सब शूर्पणखा की करतूत है। उन्होंने लक्ष्मण से कहा—तुम सीता की निगरानी करो। मैं इन दुष्टों का मुकाबिला करता हूँ।

खर ने सीता को देख लिया। उसका मन चंचल हो उठा। राम के पास दूत भेजकर उसने कहलवाया,...तुमसे हमारी कोई दुश्मनी नहीं। अपनी औरत हमारे हवाले कर दो। हम तुम्हें कुछ नहीं कहेंगे।

खर का सन्देश सुनकर क्रोध से राम की आँखें लाल हो गईं। उन्होंने दूत से कहा···अपने सरदार से कहो, लड़ने में डर मालूम हो रहा है, तो लौट जाय।

इसके बाद लड़ाई होने लगी। राक्षसों ने चारों ओर से राम को घेर लिया। खर दूषण की पल्टन राम के तीरों का घाव बर्दाश्त न कर सकी। तितर-बितर होने लगी। अपने मालिकों के ललकारने पर भी राक्षसों के पैर उखड़ रहे थे। राम के पास ऐसा तरकस था जो कभी खाली हो न होता था।

ऐसी हालत देखकर खर दूषण राम पर टिकटिका कर चढ़ दौड़े, खर ने राम के धनुष की डोरी काट दी थी। दूसरी डोरी चढ़ाकर उन्होंने खर के रथ को घोड़े समेत जमीन पर सुला दिया। दूसरे तीर से खुद उसका भी काम तमाम कर दिया दूषण भी इसी भाँति मारा गया। बाकी जो बचे, वे भाग गए। फिर राम, सीता और लक्ष्मण एकत्र हुए।

सोने का हिरण

उसी लड़ाई में दंडक वन के सभी राक्षस काल के गाल में समा गए। ऋषियों को तंग करने वाला अब कोई न था।

अकम्पन नाम का एक राक्षस अपनी जान बचाकर भागा और लंका में रावण की शरण ली। वह बहुत घबड़ाया हुआ था। मुँह से बात नहीं निकलती थी। थोड़ी देर में अपने को सम्भाल कर रावण से उसने कहा—महाराज क्या बताऊँ? खर दूषण की बात आप जानना चाहते होंगे, लेकिन मैं क्या बताऊँ? मेरा तो माथा चकरा रहा है। ऐसा लगता है कि राक्षसों के बड़े बुरे दिन आ रहे हैं। अयोध्या के दो राजकुमार दंडक वन में आ डटे हैं। उनके साथ परम सुन्दरी स्त्री है। ढीठ वे इतने हैं कि आपकी बहन के नाक कान उन्होंने काट डाले। शूर्पणखा

के रोने चिल्लाने पर खर दूषण को गुस्सा आया। अपने अधीन जितने भी राक्षस थे, सभी को साथ लेकर खर दूषण ने अयोध्या के राजकुमारों पर हमला किया। पर हुआ क्या ? अपनी बहन के अपमान का बदला तो दूर, उल्टे खर दूषण को अपने प्राण गँवाने पड़े। उन राजकुमारों का नाम राम और लक्ष्मण है। दंडकवन में एक भी राक्षस को उन्होंने जिन्दा नहीं छोड़ा। वास्तव में आज वे ही दंडकवन के अधिस्वामी हैं। ऋषि मुनि अब आपका नाम लेकर हँसते रहते हैं। मैं किसी भाँति भागकर यहाँ तक आ सका हूँ।

अकम्पन की बात सुनकर रावण को बड़ी चिन्ता हुई वह देर तक सोचता-विचारता रहा। उसकी समझ में नहीं आ रहा था कि कौन-सी महाशक्ति राम के रूप में अवतरित हुई है।

तब तक शूर्पणखा भी आ पहुँची। रावण के सामने आकर धड़ाम से गिरी। दाँत पर दाँत बैठ गए। शीतोपचार करने पर उसे होश आया। बहुत समझा बुझा चुकने पर अन्त में रावण ने कहा—घबड़ाओ मत। मैं सीता को हर लाता हूँ उसके वियोग में दोनों राजकुमार पागल होकर मर जाएंगे।

रावण की चिन्ता बहुत बढ़ गई। राम की प्रतिपत्ति आगे रत्ती भर भी वढ़े, रावण यह नहीं चाहता था। वह लंका से निकला। आकाश मार्ग से समुद्र टपकर दंडकवन में पहुँचा। अपनी चिन्ता का कारण जब उसने मारीच से कहा, तो वह बोला—वह बड़ा पराक्रमी राजकुमार है। इससे बैर भाव न करना ही अच्छा है। उसे डाँटकर रावण बोला—मैं तुमसे सीख नहीं लेने आया हूँ सिर्फ उसी पर ध्यान दो। तुम सोने का सुन्दर मृग बन जाओ और सीता के सामने जाकर उछलो कूदो। वह जरूर मोहित हो जाएगी और राम को तुम्हारे पीछे छोड़ेगी। फिर तुम ऐसा करना कि खेलाते-खेलाते राम को काफी दूर ले आना। दूर आने पर पकड़ना कठिन जानकर राम तुम्हारे ऊपर

तीर चलावेगा। उस समय करुण स्वर में गुहार मचाना··· हाय लक्ष्मण, हाय सीता ! सीता घबड़ा कर राम के पीछे लक्ष्मण को भेज देगी। मुझे अवसर मिलेगा। सीता को उठा लाऊँगा। फिर देखा जाएगा। देखो, तुम तो माया विशारद हो ! स्वर्णमृग का चटकीला भेष धारण करो।

मारीच को रावण की बात नहीं भाई। राम का नाम सुनते ही मारीच को बुखार चढ़ आया। देह थर-थर काँपने लगी। चेहरे पर उदासी छा गई। मृत्यु सामने खड़ी दिखाई पड़ी। घबड़ाकर बोला—राक्षसराज, तुम्हारी बुद्धि भ्रष्ट हो गई है। रामचन्द्र से शत्रुता करने के बाद न केवल तुम अपना, वरन समूचे राक्षस वंश का सत्यानाश कर डालोगे। इस राम को मैं बहुत दिनों से जानता हूँ। विश्वामित्र के यज्ञ के समय उन्होंने मुझे एक तीर मारा था। मैं हजारों कोस की दूरी पर जा गिरा था। राम सुबाहु को मारा, ताड़का को धराशायी किया। उसी राम के सामने तुम मुझे भेज रहे हो। ना भाई, ऐसा न करो।

रावण को मारीच पर गुस्सा आया। वह अनाप-सनाप बकने लगा।

गरजकर रावण ने कहा—जाते हो कि नहीं ? तुमको वैसे भी मरना है और ऐसे भी। सोने का हिरण बनकर राम के आगे उछलोगे, तो भागने से तीर न भी लगे, मगर यहाँ तो मैं मार डालूंगा।

मारीच डर गया।

दुष्ट मानेगा नहीं··· मारीच ने सोचा—इसका विनाश निकट है। मरना ही है तो इस पापी के हाथ से क्यों मरूँ। श्रीरामचन्द्र के तीर से घायल होकर जान देना लाख बेहतर है।

प्रकट रूप से मारीच बोला—अच्छा प्रभु, तुम्हारी मर्जी। मैं चला···

सीता हरण

सोने का हरिण कुटिया के आगे आँगन में आकर छलाँगें मारने लगा।

ऐसा प्राणी कभी किसी ने नहीं देखा था। सीता उसे देखकर मोहित हो गई और राम से उन्होंने कहा—देखो तो कितना सुन्दर हरिण है। क्या अभी तक तुम्हारी निगाह उस पर नहीं गई है? आश्चर्य है।

आँखें बड़ी-बड़ी करके राम बोले—प्रिये, यह तो सचमुच एक अनूठा प्राणी आज हम देख रहे हैं।

लक्ष्मण को लेकिन शंका हुई। उनकी अन्तरात्मा इस बात को कबूल ही नहीं कर रही थी कि यह दरअसल हरिण ही होगा। उनका मन कह रहा था कि हो न हो, यह राक्षसों की कोई माया है, या फिर, देवता लोग हमारी साधारण बुद्धि को परखने के लिए यहाँ सोने का हरिण प्रकट कर गए हों।

लक्ष्मण ने कहा, भाभी यह हरिण नहीं है।

वाह···हाथ चमका कर जनक किशोरी ने कहा—तुम भी क्या कह रहे हो, मैं कोई दुधमुँही बच्ची थोड़े ही हूँ?

राम ने गम्भीरता से सीता का समर्थन किया। कहा, यह सोने का नहीं है इसकी खाल बड़ी अच्छी निकलेगी। देखो न दूर से ही सुनहले रोएँ किस भाँति चमचम कर रहे हैं। बड़ी ही अच्छी नस्ल का छौना है।

थोड़ी देर विभोर होकर सीता उस 'कंचनमृग' की तरफ टकटकी लगाए रहीं। फिर तनिक धीमे सुर में गुनगुनाई—

सुनहु देव रघुवीर कृपाला।
यहि मृग कर अति सुन्दरि छाला॥

सत्य साध प्रभु वध करि एही।
आनहु चर्म कहति वैदेही ॥

राम ने पहले बहाने बनाए···यह मायामृग है, इसको खाल सूखने पर बदसूरत हो जाएगी। यह हाथ भी तो नहीं लग सकता है।

मगर वह मर्द ही क्या जो औरत की मान मनौवल के आगे आत्मसमर्पण न कर दे। राम भी तो आखिर आदमी ही थे न ? धीमे पड़ गए। भौंहें झुकाकर सीता के हठ के सामने उन्होंने अपनी पराजय अंगीकार कर ली। उठे, तीर कमान लटकाकर चल पड़े।

जाते समय कुटिया के चारों ओर धनुष की नोक से लकीर खींचते गए। लक्ष्मण को सावधान करते गए कि आश्रम छोड़कर कहीं न जाना। सीता को सचेत कर दिया कि खींची लकीर के परे पैर न रखना।

राम "कंचनमृग" के पीछे-पीछे चले।

हिरन इतनी देर तक तो आश्रम के इर्द-गिर्द ही कुलांचें मारता रहा, मगर अब उसने आगे का फासला नापना शुरू किया।

चार छः छलांग दाएँ-बाएं मारता तो सरपट आगे दस छलाँग, बीस छलाँग। बड़ी दूर चला गया वह।

राम बहुत दिनों से शिकार नहीं खेले थे।

वनवास की यह सारी अवधि वह शान्तिप्रिय तरीके से बिता लेना चाहते थे। रहन, सहन, गति-विधि, आचार-विचार, सभी पर शान्तिप्रिय तपस्वियों की छाया पड़ रही थी। राजकुमार का जीवन राम पीछे छोड़ आए थे। राजधानी का कोलाहल, महल की सम्पदा और भोग-विलास का वह आडम्बरपूर्ण क्रम अब रह नहीं गया था। धनुष और तरकस साथ लाए थे वह अवश्य, परन्तु उनका उपयोग केवल आत्मरक्षा के निमित्त

ही निर्दिष्ट था। इसके अतिरिक्त लगातार ऋषियों, मुनियों और साधकों का सम्पर्क उन्हें सात्विक वृत्ति की ओर प्रेरित किए रहता। वनवासी राम शिकारी राजकुमार न होकर जिज्ञासु यात्री के रूप में अपना जीवन बिता रहे थे।

मारीच ने जब देखा कि वह काफी दूर राम को ले आया है तो एक मैदान में वह चौकड़ी भरने लगा।

उसने अयोध्या के बहादुर राजकुमार को थका डाला।

राम पसीने से तरबतर हो गए। तरकस के काफी तीर इधर-उधर की झाड़ियों में जा बिखरे थे।

उन्हें कंचनमृग की उछल-कूद पर, उसकी चौकड़ी बाजी पर अन्त में बड़ा ही गुस्सा आया। सन्धान कर राम ने एक तीर मारा कि हरिण का पुट्ठा घायल हो गया।

हाय, लक्ष्मण ! एक साफ चीत्कार जंगल भर में गूँज उठा।

हाय, लक्ष्मण—सीता ने यह चीख सुनी तो उनका कलेजा टुकड़े-टुकड़े होने लगा। वह चिल्ला उठीं, दौड़ो लक्ष्मण, यह तुम्हारे भाई की आवाज हैं। देखो, उन्हें क्या हो गया। हाय, हाय !

लक्ष्मण पहले से ही मर्मवेधी चीत्कार के सम्बन्ध में सोच रहे थे। वह घबड़ाए नहीं। गंभीरतापूर्वक बोले—भाभी, नाहक ही अपने मन को परेशान मत होने दो। हमारे अग्रज श्रीरामचन्द्र का एक बाल तक कोई बाँका नहीं कर सकता। यह आवाज अभी जो आपने सुनी है, सो और कुछ नहीं, राक्षस की माया थी।

परन्तु सीता का हृदय अनिष्ट संभावनाओं से इस प्रकार व्याकुल हो उठा था कि वह अपने पति की बहादुरी की ओर से बिल्कुल अनभिज्ञ जैसी हो गई।

उन्होंने आर्त स्वर में कहा—देवर, कैसे तुमसे रहा जाता है। अपने भाई को इस भाँति संकट में पड़ा देखकर भला कौन

होगा जो ऐसे-ऐसे वहाने बनाएगा ? जाओ, मैं तुम्हारे पैरों पड़ती हूँ। जाओ देवर…

उत्तर की ओर मुँह करके, दोनों हाथ उठाकर सुमित्रानन्दन बोले—देवि यह क्या हो रहा है तुम्हें। इस तरह की बातें सुनकर मेरे हृदय को क्यों बेध रही हो ? भाभी, तुम तो अपने धैर्य के लिए नैहर और ससुराल दोनों जगह मशहूर रही हो और आज क्यों ऐसी अधीर हो रही हो ?

सीता ने एक न मानी। उनकी व्याकुलता धीरज की चौहद्दी को टप गई थी। चिर सेवक और परम विश्वासपात्र देवर को कड़की बात के पैने तीरों से घायल करने में आज यह आदरणीय भाभी मानों होड़ लगा बैठी हो।

लक्ष्मण ने सोचा—हाय रे कर्तार। आज अवश्य ही विधाता हमारे प्रतिकूल हो उठा है। अवश्य ही आज कोई बड़ा अनिष्ट हमारे सिर पर मंडरा रहा है। तभी तो भाभी का हृदय इस प्रकार विवेकशून्य और मलिन बन गया है।

लक्ष्मण किंकर्तव्यविमूढ़ होकर अब तक खड़े थे और इधर सीता की अधीरता आँखों में आँसू वनकर छलकी आ रही थी।

इतने में एक बार और आर्तस्वर में डूबा हुआ गम्भीर और करुण शब्द वायुमंडल में गूँज उठा—हाय लक्ष्मण !

अब सीता सिर के बंधे केश पाश को नोंचती, खींचती, खींचती चिल्ला उठी—ओ रे दुष्ट देवर, तुम्हारी पापपूर्ण अभिलापा इतनी दूर आगे बढ़ आवेगी, कभी मैंने यह नहीं सोचा था। निश्चय, तू यही कहता है कि राजीवलोचन राम अपनी जान गँवा बैठें और फिर मुझे लेकर तू अयोध्या की राजगद्दी संभाले। हाय रे पापी…

लक्ष्मण पागल हो उठे। सीता के ये वाक्य वाण उनके कानों को छेदते हुए अन्दर पहुँचे और कलेजा बेधकर मानो वाहर निकल गए। उन्हें ऐसा लगा कि दसों दिशाएँ आग की लपटों

से विकराल हो उठी हैं, आकाश आग बरसा रहा है। पैरों के नीथ की धरती खिसकती जा रही है, सर, सर—सर—सर।

अपने तरकस और धनुष को संभाले वह उधर ही दौड़े जिधर से आवाज आई।

जल्दी ही लक्ष्मण सीता की दृष्टि से ओझल हो गए।

इधर एकाएक कोई ब्रह्मचारी कुटी के नजदीक पिछवाड़े से आता दिखाई पड़ा। सीता भद्र और विनीत वेष में एक मनुष्य को अपने समक्ष पाकर तनिक प्रकृतिस्थ हुई। उन्होंने सोचा—यह अवश्य ही भूत, भविष्य, वर्तमान की घटनाओं को जानने वाला कोई महान सिद्ध पुरुष होगा। इससे अपने पति का कुशल समाचार क्यों न पूछ लूँ।

आइए महाराज, पधारिए—सीता ने आदर और भक्ति से कहा—देव कृपा कीजिए अभागिन पर।

शांत स्थिति का चरम प्रदर्शन करते हुए उस साधु ने दाहिना हाथ उठाकर कहा—बेटी, भला हो तुम्हारा।

सीता ने कुटिया के बाहर कुश का आसन बिछा दिया। पैर धोने को पानी भर लाई।

ब्रह्मचारी राम की खिंची हुई लकीर के बाहर ही खड़ा था। उसे लाँघकर अन्दर आना उसके बूते के बाहर की बात थी। वह बोला—बेटी, यहाँ पेड़ के नीचे जरा अलग ही मैं बैठना चाहता हूँ। आसन इधर ही डाल दो।

राम की कुशल जानने के लिए सीता इस प्रकार आतुर थीं कि बड़े यत्न से उन्होंने साधु को बैठाया।

आसन लेकर यह स्वयं ही बाहर बैठा।

राम का हाल बताते समय साधु के ओठों पर जरा हँसी आ गई, मगर सीता ने उस पर ध्यान नहीं दिया।

फिर ब्रह्मचारी ने जानकी से कहा—भद्रे, भला बताओ तो कि किस ओर और किस भाँति यह कंचनमृग छलाँग लगा रहा

था। जब मैं यह बात मालूम कर लूँगा तो असलियत पर पहुँचने में देर नहीं होगी।

भोली सीता राम की खिंची हुई लकीर लाँघकर दो कदम ही आगे बढ़ी होगी कि सहसा यह ब्रह्मचारी बीस हाथों और दस माथों वाला एक विकराल आकार धारण करके खड़ा हो गया।

सीता बेचारी घबड़ाई। पर अब क्या हो।

रावण ने उस कोमलांगी तरुणी को खींचकर कन्धे पर बैठा लिया। और बड़े-बड़े हाथों से उसने बेचारी का मुँह बन्द कर दिया।

सीता प्रकट रूप से चिल्ला भी नहीं पाई।

राक्षसराज रावण का षड्यन्त्र सफल रहा। मारीच को स्वर्णमृग बनाकर उसके द्वारा राम के दूर लिवा ले जाने की योजना बिल्कुल सही उतरी।

वह चाहता था कि जल्दी से जल्दी सीता को लेकर लंका पहुँचूं। मार्ग में किसी प्रकार की बाधा उपस्थित होगी, इसकी उसने तनिक भी कल्पना नहीं की थी। मगर आगे जाने पर उसे इस बात का ध्यान न रहा कि सीता के रोने की आवाज आकाश के शून्य में विलीन न होकर किसी के हृदय में सहानुभूति भी पैदा कर सकती है। फलस्वरूप, जरा आगे चलने पर रावण ने सोचा कि स्त्रियों का स्वभाव होता है—रोने कलपने का। आँसू के प्रवाह में संकट के बड़े से बड़े पहाड़ को स्त्रियाँ वहा डालती हैं और तत्पश्चात हल्की-फुल्की होकर नये सिरे से अपना जीवन आरम्भ करती हैं। सीता भी ऐसा ही करेगी। अभी कुछ देर या दस पाँच दिन जी खोलकर यह रो ले तो क्या बुरा है।

परन्तु गीधों के एक सरदार जटायु ने एक नारी का रोना जब सुना तो अपने चँगुलों और चोंच को संभालकर वह आगे आया और ललकार कर बोला—ठहर रे शैतान, यह कहाँ से तू

डाका मारकर आ रहा है।

रावण गुर्रा उठा—ओ कीड़े। भाग, छोड़ मेरी राह ?

जटायु ने रावण के सिर पर एक चोंच मारी।

रावण को बड़ा गुस्सा आया—गरजकर बोला—कुचल दूँगा।

अब तक उड़-उड़कर जटायु ने रावण को काफी परेशान कर दिया था। सीता अलग खड़ी होकर गीध के सम्बन्ध में सोचने लगी—यह अकारण कौन बन्धु मेरे लिए अपनी जान को जोखिम में डाल रहा है। अवश्य ही यह कोई तपोभ्रष्ट मुनि है जो किसी भूल-चूक से गीध बनकर पैदा हुआ है—सीता ने चिल्लाकर कहा—दादा, सूर्यवंशी राजा दशरथ की पुत्रवधू हाथ जोड़कर तुम्हें प्रणाम करती है। लंका का शैतान राजा मुझे जबरदस्ती लिए जा रहा है। मैं समुद्र में कूदकर, आग में जलकर या जहर पीकर मर जाऊँगी, परन्तु इसकी अंकशायिनी नहीं बनूँगी। मैं मिथिला के विदेह राजा जनक की एक मात्र कन्या हूँ। और महावीर कौशल्यानन्दन दशरथ पुत्र राजीवलोचन श्रीमान रामचन्द्र की परिणता पत्नी हूँ। यह दुष्ट मुझे नहीं पा सकेगा। इसके मनोरथों को चूर-चूर करने के लिए मेरे हृदय में पर्याप्त साहस है। हे गीधों के राजा, आप यदि इस चांडाल के हाथों से जीवित बचें तो पंचवटी पहुँचकर श्रीरामचन्द्र और उनके अनुज सुमित्रानन्दन लक्ष्मण को मेरा यह संवाद पहुँचा दीजिएगा।

जटायु ने रावण को क्रोधित कर दिया।

अन्त में तलवार से रावण ने उसके दोनों पंख और पैर काटकर धरती पर डाल दिये। बेचारा गीध तड़पता रहा और रावण जल्दी-जल्दी सीता को उठाकर आकाश मार्ग से लंका की ओर चला गया।

सीता की पीड़ा का अन्त नहीं। वह कलपती और रोती।

रोने-रोते हिचकने लग जातीं। उनको अपनी भूल और दुखिया बना रही थी। राम की भी चिन्ता बेचारी को सताये जा रही थी। अब उन्हें विश्वास हो गया कि वह हरिण सोने का नहीं था, माया का था। यह भी सीता के मन में बैठ गया कि हरिण ने ही "हाय लक्ष्मण" की चीख पुकार मचाई थी।

सीता को अपनी मुक्ति का कोई भी उपाय नजर नहीं आ रहा था।

रावण ने समुद्र लाँघकर एक टापू में बसी नगरी के किसी बाग में जानकी को उतारा। पहले तो उसने सीता को बहुत समझाया बुझाया, पर लगातार वह रावण को दुतकारती फट-कारती ही रहीं। अन्त में रावण ने सोचा—कुछ समय इसको कड़ी निगरानी में रख देना चाहिए, पीछे कुछ स्वभाव भी बदलेगा और बात भी धुँधली पड़ जायेगी।

छोटी-बड़ी उमर की कई राक्षसियों को सीता की निगरानी के लिए रख दिया गया।

उधर राम ने लक्ष्मण को अपनी ओर आते देखा तो वह सन्न रह गए। निश्चय था कि फिर सीता से मुलाकात नहीं होगी।

निकट आने पर लक्ष्मण से उन्होंने कहा—यह क्या किया तुमने ? अपनी भाभी को अकेली छोड़ आए ?

लक्ष्मण ने खिन्न मुद्रा में कहा—मेरा कोई कसूर नहीं है भैया।

फिर सारी बात लक्ष्मण ने राम से कही। सोने का हरिण सामने मरा पड़ा था। परन्तु शिकारी को जरा भी खुशी नहीं थी, तनिक भर उल्लास नहीं था।

दोनों जल्दी-जल्दी कुटिया की ओर दौड़े। दूर से राम ने देखा, सारा आश्रम सूना पड़ा है।

आवाज देने पर किसी ने कुटिया के अन्दर से कोई जवाब

नहीं दिया।

दोनों भाई व्याकुल हो गये। थोड़ी देर तो वे अपनी सुध-बुध ही मानो खो बैठे।

इधर-उधर ताक हेर होने लगी।

राम पागल होकर एक-एक पेड़ से पूछने लगे—हमारी सीता को तुमने देखा है। लताओं के घने झुरमुट के पास खड़े होकर उनसे वह पूछते थे—बड़ी-बड़ी आँखों वाली एक गोरी तरुणी को तो तुमने नहीं देखा ?

पशु और पक्षी सभी से वह सीता का हाल पूछते जाते थे।

कल-कल करती हुई नदियों से भी राम ने उसी भाँति पूछा।

पर किसी ने कुछ भी नहीं कहा—तब एक जगह खड़े होकर आकाश की ओर दोनों हाथ फैलाकर राम ने बड़े ही विकल स्वर में कहना शुरू किया—हे आकाश एक दिग दिगन्त के छोर को छूने वाले—हे नीले आकाश ! तुम तो सबको देखते हो, सभी जगह तुम व्याप्त हो। तुम्हें तो अवश्य जनकनन्दिनी कंचन गौर-वर्ण मेरी प्राणवल्लभा सीता का पता होगा ?

आकाश ने कोई उत्तर नहीं दिया। अब राम ने पृथ्वी पर अपनी निगाहें गड़ा दीं और बोले—सुना है, तुम्हारे ही भीतर से घड़ा निकला था और उसी से सीता पैदा हुई थीं। धरती, तुम न केवल सीता की माँ हो, हम सभी की उत्पत्ति तुम्हीं से हुई है। हाड़-माँस का यह शरीर तुम्हारे ही अन्न और फल से तैयार हुआ है। देवी वसुन्धरे ! तुम्हें तो अवश्य अपनी पुत्री का हाल मालूम होगा ?

पृथ्वी ने भी कोई उत्तर नहीं दिया।

राम की यह स्थिति देखकर लक्ष्मण को बड़ी चिन्ता हुई। उन्होंने बहुत ही समझाया बुझाया, लेकिन अपने अग्रज को वह प्रकृतिस्थ नहीं कर सके, राम के मुँह से केवल यही बात निकलती थी कि हाय, महारानी सीता को राक्षस खा गए ? अब हम किस

मुँह से अयोध्या लौटेंगे। निश्चय, मैं पानी में डूबकर मर जाऊँगा। पेड़ से टकराकर कपार फोड़ डालूँगा। जंगली आग में अपने को खाक कर दूँगा।

लक्ष्मण ने फिर भी समझाना-बुझाना कम नहीं किया। वह तत्पर होकर अपने दुखी अग्रज की परिचर्या में लग गये।

काफ़ी दूर आगे बढ़ने पर उन्होंने एक बड़े गीध को दम तोड़ते देखा। उसके पंख और पेर कटे पड़े थे। निकट जाने पर गीध बोला—मेरा नाम जटायु है, एक स्त्री को रावण लिए जा रहा था। रोकने पर दुष्ट ने मेरी यह दुर्दशा की है।

मानो राम और लक्ष्मण को एक नजर देखने के लिए ही जटायु की जान बच रही थी।

वह अधिक कुछ नहीं बता सका, क्योंकि उसकी साँस रुक गई। राम ने लक्ष्मण से कहा—यह बहुत बड़ा धर्मात्मा गीध सरदार हमारे हित के लिए मरा है। हमें इसके शरीर का अन्तिम संस्कार विधिपूर्वक करना चाहिए। ज़ाओ लक्ष्मण, लकड़ियाँ चुन लाओ।

लक्ष्मण ईंधन ले आए। राम ने अपने ही हाथों से जटायु का अग्नि संस्कार किया, फिर आगे बढ़े।

शबरी

छोटी जाति की एक बुढ़िया बहुत दिनों से तपस्या कर रही थी। उसे मतंग मुनि ने कहा था कि दशरथनन्दन रामचन्द्र अपने वनवास की अवधि में इधर से ही गुजरेंगे, वही तुम्हारा उद्धार करेंगे।

वह प्रतीक्षा करते-करते बहुत बूढ़ी हो गई थी, बड़े ही नियमपूर्वक उसने अपने जीवन को तपस्या की ओर लगा दिया

था। उस रास्ते से आने-जाने वाले पथिकों की सेवा शबरी खूब मन लगाकर करती थी। जंगली फलों, कन्दों और अनायास उपजने वाले साम, काउन तथा ज्वार, बाजरे से अपना निर्वाह करती थी।

राम और लक्ष्मण शबरी के निवास स्थान की ओर चले आ रहे थे।

राम का संताप अब कुछ कम हो गया था। मुनियों ने उन्हें ढाढ़स दिलाया कि सीता अवश्य ही जीवित है। उन्होंने राम के हृदय में यह बात भली-भाँति बैठा दी थी कि अवश्य ही आप दोनों का समागम निकट भविष्य में होगा।

शबरी के तपोवन में प्रवेश करने से पूर्व राम ने एक विचित्र प्राणी को देखा। उसके सिर नहीं था। बड़े-बड़े हाथ थे। छाती और कन्धे काफी चौड़े थे। पैर और जाँघ खूब मोटे-मोटे।

सिरविहीन मानवाकृति। वह जीव बड़ा ही अद्भुत लगता था।

वह अपने लम्बे हाथों को बढ़ाकर दोनों भाइयों को अपनी पकड़ में ले लेना चाहता था।

लक्ष्मण चिल्ला उठे—देखिए भैया, सम्भल जाइए? यह भी कोई राक्षस ही है। अवश्य ही रावण ने इसे हमारे लिए भेजा है। सीता के बाद अब वह हमें ही समाप्त करना चाहता होगा…

राम ने पैने तीरों से उसकी बाँहें काट डालीं। बाँह कटते ही सुन्दर आकार धारण करके वह खड़ा हो गया और हाथ जोड़ कर बोला—प्रभु जी, पहले जन्म में मैं गन्धर्व था। बहुत सुन्दर गायनाचार्य, एक ब्राह्मण की मैंने बड़ी सेवा की थी। उनकी कृपा से आयु काफी लम्बी हो गई थी। एक बार महर्षि दुर्वासा ने अकारण मुझे शाप दिया और तब से मैं राक्षस बन गया। कुछ समय बाद इन्द्र से मेरी लड़ाई हुई। वह जब मुझे परास्त नहीं कर सके तो क्रोधित होकर मेरे ऊपर वज्र का प्रहार किया। ब्रह्मा

जी के वरदान से मर तो मैं सकता नहीं था, इसलिए सिर घुसकर कंधों में समा गया और तब से मैं सिर-विहीन हो गया। इस पर मैं बहुत विकल हुआ तो उनको मुझ पर दया आ गई। उन्होंने मेरे हाथ लम्बे कर दिये और कहा—बेटा कबन्ध ! तुम अपनी लम्बी भुजाओं की सहायता से आहार खोज लेना। और दुर्वासा ने भी मुझसे कहा था कि जब सूर्यवंशी कुमार रामचन्द्र बनवास के लिए जंगलों में आयेंगे तो तुम्हारी भुजायें वह काट डालेंगे, तब तुमको फिर अपना पहला शरीर प्राप्त होगा। हे प्रभु, आज मैं कृतार्थ हो गया, आपने मेरा उद्धार कर दिया।

कबन्ध के सिर-विहीन और निष्प्राण शरीर का राम ने अन्तिम संस्कार किया। गन्धर्व विमान पर चढ़कर ऊपर उड़ गया।

आगे बढ़ने पर वे शबरी के आश्रम में पहुँचे।

उस भिलनी ने अपने जीवन में इतनी अधिक तपस्या की थी कि उसका सारा पाप जलकर खाक हो गया था। अब अपने आराध्यदेव को सामने पाकर उसे अपार प्रसन्नता हुई। खुशी के मारे वह पागल हो गई कि अब भवसागर के पार जाने में तनिक भी विलम्ब नहीं है। चख-चखकर बड़े प्रेम-भाव से बुढ़िया ने दोनों को बेर खिलाये।

राम और लक्ष्मण शबरी के इस उल्लास पर और उसकी ऐसी निष्ठा पर इतने मुग्ध हुए कि जूठे बेरों को बड़ी तन्मयता से खाते रहे।

सीता के बारे में पूछने पर वह बोली—यहाँ से कुछ दूर दक्षिण जाने पर आपको महामुनि मतंग का आश्रम मिलेगा। वहीं पम्पा सरोवर है। उसका पानी बहुत ही मीठा और ताप-हारी है। वहीं जाकर विश्राम कीजिए। कुछ दूर और आगे जाने पर ऋष्यमूक पर्वत मिलेगा। उसी पहाड़ की गुफाओं में वानर-राज सुग्रीव विराजमान हैं। आप अवश्य ही उनसे मैत्री कर

लीजिएगा। सीता के सम्बन्ध में वानरराज सुग्रीव से आप को बड़ी सहायता प्राप्त होगी।

राम ने शबरी को हृदय से आशीर्वाद दिया और आगे बढ़ गये।

शबरी कड़ी तपस्या में निमग्न हो गई। यह समाधि उसकी अंतिम समाधि थी।

सुग्रीव से मैत्री

नहा-धोकर दोनों भाई सरोवर के किनारे बैठे हुए थे।

वह सरोवर बहुत बड़ा था। उसका पानी बड़ा ही स्वच्छ और खूब ही स्वादिष्ट था। ऋष्यमूक पहाड़ की तलहटी में होने से पम्पा सरोवर का महत्व बढ़ गया था।

राम और लक्ष्मण एक वृक्ष के नीचे बैठे हुए थे। प्रतीक्षा में थे कि सुग्रीव का पता लगे और आगे का काम सम्पन्न हो।

उधर वानरराज सुग्रीव दिन के समय पहाड़ की ऊँची जगहों पर जाकर अपनी बैठक जमाते थे। उस दिन उन्होंने जो पम्पासर के किनारे दो आगन्तुकों को देखा तो जी धुक-धुक करने लगा। हर एक नया चेहरा सुग्रीव के लिए बालि का खुफिया होता था। कम से कम उनका अपना यही ख्याल था कि बालि तरह-तरह के व्यक्तियों को अपने अनुज का भेद लेने के लिए भेजता है।

हनुमान सुग्रीव के मंत्रियों में से एक थे। वह बहुत ही विनयी, फुर्तीबाज और स्वामिभक्त मंत्री थे।

सुग्रीव ने हनुमान से कहा—अजी देखो तो यह पम्पासर के पास कौन बैठा है? वह खुद ही वेश बदलकर आया हो। जरा पता तो लगाओ।

हनुमान ने अपने मालिक को आतंकित देख कर कहा—

महाराज, राजा वालि तो आ ही नहीं सकते। बाकी रही दुनिय तो उसके लिए हम काफी हैं।

सुग्रीव को जरा दिलजमई हुई। फिर भी वह बोले—ना भाई, पता तो लगाना ही चाहिए, क्या मालूम कि ये कोई अच्छे मित्र ही निकल आवें।

हनुमान ब्राह्मण का रूप धारण कर राम-लक्ष्मण के निकट आये। उन्होंने बूढ़े ब्राह्मण की भूमिका धारण की थी। लाठी टेकते हुए बड़ी मुश्किल से ब्राह्मण देवता खड़े हुए। मीठी बोली में उन्होंने कुमारों से पूछा…

को तुम श्यामल गौर शरीरा।
छत्री रूप फिरहु बनबीरा॥
मृदुल मनोहर सुन्दर गाता।
सहत दुसह वन आतप वाता॥

बूढ़े की बात सुनकर राम बड़े प्रभावित हुए और बोले—महाराज, आपके प्रति जाने क्यों अकारण ही एक प्रकार का आदरभाव हमारे हृदय में हिलोरें ले उठा है। यह आदर धीरे-धीरे घने स्नेह में परिवर्तित होता जान पड़ता है। हम दुर्भाग्य के शिकार अयोध्या के राजकुमार हैं। दशरथ के पुत्र। कौशल्या और सुमित्रा हमारी माताओं के नाम हैं। पिता की आज्ञा से हम लोग जंगल आये। यहाँ से मेरी प्राणवल्लभा पत्नी जनक-नन्दिनी वैदेही सीता को राक्षस हर ले गये हैं। हम सीता का पता पाने के लिए व्याकुल होकर इधर-उधर भटकते फिर रहे हैं। आप भी तो अपना परिचय दीजिये।

ब्राह्मण ने कहा—प्रभो, अपना परिचय मैं आपको दूं। आप तो बड़े ही बुद्धिमान हैं। कोई भी बात आपसे छिपी नहीं। मैं यहाँ इस पहाड़ पर रहता हूँ। किष्किंधा के राजा बालि के छोटे भाई सुग्रीव भी यहीं रहते हैं। यह दास उन्हीं का अनुचर है। इस दास का नाम हनुमान है। बालि ने सुग्रीव को अपने राज्य से

निकाल बाहर किया। सुग्रीव भी मारे-मारे फिर रहे हैं। एक को राज्य चाहिए, दूसरे को पत्नी। दोनों एक दूसरे की बड़ी मदद कर सकते हैं। श्रीमान् मैं हृदय से कामना करता हूँ कि आप दोनों में दृढ़ बन्धुभाव स्थापित हो।

राम और लक्ष्मण को बड़ा ही आन्नद हुआ। वह सुग्रीव की ही खोज में तो थे। प्रसन्न होकर राम ने लक्ष्मण से कहा—यह लो, जिन खोजा तिन पाइयां।

हनुमान अब अपने असली रूप में सामने खड़े थे। उन्होंने जोर देकर कहा—नाथ, हम यों आपको नहीं जाने देंगे। मेरे कंधों पर आप दोनों बैठ जाइए। और फिर···

दोनों भाई हनुमान के कंधों पर बैठ कर सुग्रीव के पास आये।

हनुमान ने ही उन्हें आपस में परिचित कराया।

पीछे बीच में अग्नि रखकर मैत्री पक्की कराई गई।

एक ने दूसरे की आपबीती को बड़े ही ध्यान से सुना। एक ने दूसरे को आश्वासन दिया। दोनों को अपने कष्ट का अन्त सामने दिखाई देने लगा।

यहाँ राम को यह भी मालूम हुआ कि सीता अपने कुछ गहने इधर ही गिरा गई हैं। उन गहनों को सुग्रीव ने सम्भाल कर रक्खा था। दिखाए जाने पर राम ने कहा—हाँ बन्धु, सीता के ही ये गहने हैं।

लक्ष्मण ने समर्थन किया—ये कंगन और यह मनटीका तो मैं नहीं पहचानता हूँ, परन्तु इन पैजनियों को तो अवश्य ही पहचाानता हूँ क्योंकि बराबर मेरी निगाह तो भाभी के पैरों की ओर ही रहती थी।

बालि और सुग्रीव सगे भाई थे। दोनों में बड़ा ही प्यार था। बालि बड़ा बलवान था। उसे वर मिला था कि द्वन्द्व युद्ध में प्रतिद्वन्दी का आधा बल उसके शरीर में आ जायगा।

बालि से लड़कर कोई पार नहीं पा सकता था।

एक दिन मय राक्षस का बेटा आकर लड़ने के लिए बालि को ललकारने लगा। ललकार सुनकर वह दौड़ा। राक्षस भागा। बालि ने उसे खदेड़ा। पीछे-पीछे सुग्रीव भी चले। एक पहाड़ की सुरंग देखकर राक्षस उसमें घुस गया तो वहाँ भी बालि ने उसका पीछा किया। सुरंग में घुसते समय बालि सुग्रीव से कहता गया कि पन्द्रह दिन तक मेरी प्रतीक्षा करना, न आऊँ तो समझ लेना कि मैं मारा गया।

सुग्रीव ने महीना भर इन्तजार किया। इस बीच सुरंग के मुंह से लहू की धारा बह निकली। सुग्रीव ने समझा, मेरे भाई क राक्षस ने मार डाला और अब मेरी भी खैर नहीं।

अपने-अपने प्राण सभी को प्रिय होते हैं। सुग्रीव जान लेकरो भागा। भागने से पहले सुरंग के मुंह को एक बड़ी सिला से भली-भाँति ढँक दिया। किष्किंधा आकर किले के चारों ओर का रास्ता भलीभाँति बन्द कर लिया। मंत्रियों ने सोच-समझ कर सुग्रीव को राजगद्दी पर बैठाया।

राक्षस को मारकर बालि बाहर निकला, सील ठेलकर। फाटक तोड़ कर किले के अन्दर दाखिल हुआ। अपने छोटे भाई को राजगद्दी पर देखकर वह गुस्से में आग हो गया। लात मारकर सुग्रीव को निकाल दिया। अपने छोटे भाई की औरत तक को उसने नहीं छोड़ा।

सुग्रीव का बड़ा ही बुरा हाल हुआ। जहाँ जाय, वहीं अपने बड़े भाई की दहशत उसके दिल और दिमाग पर सवार रहती। न खाना हजम होता, न नींद आती।

अन्त में ऋष्यमूक पर्वत की तलहटी में आने पर उसे मुनि मतंग के दर्शन हुए। मुनि ने सारी बात सुनकर सुग्रीव से कहा—यहाँ बालि नहीं आ सकता, तुम बेखटके अपना जीवन यहाँ बिता सकते हो।

मतंग ऋषि ने ही बालि को शाप दिया था।

शाप का कारण यही था कि किसी राक्षस को मार चुकने पर उसकी लाश को बालि ने घुमाकर जोर से फेंका। लाश आकर मुनि के पास गिरी। उन पर खून के छींटे गिरे। क्रुद्ध होकर उन्होंने बालि को शाप दिया कि यहाँ वह नहीं आ सकेगा। सुग्रीव निश्चिन्त होकर ऋष्यमूक पहाड़ पर रहने लगा।

राम और सुग्रीव दोनों पर व्यथा का भार था। दोनों अपने दुश्मनों का संहार चाहते थे। सुग्रीव को राज्य चाहिए था, राम को सीता।

सुग्रीव को कभी-कभी संदेह होता था कि बालि जैसे उद्‌भट वीर से राम किस भाँति मुकाबला करेंगे। और, राम को अपने धनुष और तीर पर बड़ी आस्था थी। वह बराबर सुग्रीव को बोल भरोसा देते रहते थे कि किष्कंधा के सिंहासन पर मैं आपको अवश्य बिठाऊँगा।

एक दिन सुग्रीव ने कहा—मित्र, आप अपनी सामर्थ्य का प्रमाण दें तो मैं निश्चित हो जाऊँ।

राजीवलोचन राम बोले—बन्धु, जिस प्रकार तुम्हें संतोष हो, बताओ।

सुग्रीव ने दूर पड़े हड्डियों के भारी ढेर को हाथ उठाकर कहा—यदि इसे उठाकर आप चार सौ गज की दूरी पर फेंक सकें तभी मुझे आपके बल के सम्बन्ध में विश्वास होगा।

राम ने तुरन्त उस हड्डियों के ढेर में ठोकर मारी और वह चालीस कोस की दूरी पर जा गिरा। हड्डियों का वह ढेर दुन्दुभि नाम के राक्षस के शरीर का ढाँचा था, विराट कंकाल।

दुन्दुभि राक्षस बड़ा बलवान था। सिर भैंसे की तरह। पेड़ की जड़ के समान मोटी भुजायें थीं। एक बार वह ताल ठोककर समुद्र को ललकारने लगा। समुद्र ने हार मान ली और उसे पर्वत-

राज हिमालय के पास भेज दिया। हिमालय ने भी पराजय स्वीकार कर ली। और उसे बालि के पास भेज दिया। इसी दुन्दुभि को बालि ने पछाड़ मारा और उसकी लाश को घुमाकर झटके की तरह फेंक दिया था। इसी राक्षस के खून के छींटे मतंग मुनि पर पड़े थे। सुग्रीव को अपने भाई की इस अद्भुत क्षमता का भली-भाँति पता था। तभी तो दुन्दुभि की हड्डियों को दूर फेंक देने पर भी राम के सम्बन्ध में उसका संदेह निर्मल नहीं हुआ। उसने मन में कहा—हड्डियाँ अरसे से पड़ी थीं। सूखकर संठी हो गई थीं। तभी तो राम ने उन्हें फेंक दिया। एक दिन लक्ष्मण से उसने इस बात का जिक्र किया तो वह बोले—जिससे भैया की शक्ति के बारे में दिलजमई हो, बताओ, भैया वही कर देंगे।

सुग्रीव सकुचा कर रह गया। फिर दबी जबान से उसने कहा—सामने ताड़ के सात पेड़ एक कतार में खड़े हैं। राम यदि तीर मार कर ताड़ के इन पेड़ों को आर पार छेद दें तो मुझे तसल्ली हो जायेगी।

यह बात राम के कानों में पहुँची। उन्होंने फौरन तरकस से तीर निकाल कर धनुष पर चढ़ाया और उसे निशाना साधा।

तीर ताड़ के पेड़ों के आर पार छेदता और उन्हें गिराता हुआ पाताल में घुस गया। वहाँ से लौट कर फिर से राम के तरकस में आ बैठा।

अब सुग्रीव को राम के अनन्त सामर्थ्य का पूरा परिचय प्राप्त हुआ। उसे दृढ़ विश्वास हो गया कि रामचन्द्र का एक ही बाण बालि को मारने के लिए काफी होगा।

वह राम के पैरों पर गिर पड़ा।

राम की भी सुग्रीव के सम्बन्ध में यह धारणा दृढ़ हो चुकी थी कि राजगद्दी सम्भालने के बाद बानरराज सुग्रीव सीता का पता लगाने में अपनी सम्पूर्ण क्षमता लगा देगा।

बालि वध

राम को जल्दो पड़ी थी। वह चाहते थे कि शीघ्र ही सुग्रीव को अपना राज्य वापस मिल जाय। क्योंकि बिना इसके सुग्रीव का मन और किसी काम में नहीं लगेगा। एक दिन राम ने कहा—मित्र, चलो। जल्दी निबटारा कर लो। भाई-भाई में यह फिचिर बहुत दिनों तक अच्छा नहीं। निबटारा चाहे इस ओर चाहे उस ओर…अब हो ही जाना चाहिए।

सुग्रीव बड़े खुश हुए। वह तो चाहते थे कि जल्द ही निबटारा हो, परन्तु संकोच के मारे राम से कहते नहीं बनता था। बात यह थी कि जब ताड़ों की कतार को अपने तीर से राम ने छेद डाला तब से लेकर सुग्रीव के हृदय में रामचन्द्र की उद्‌भट वीरता का आतंक बैठ गया था। वह रामचन्द्र की प्रकृति के अनुकूल ही चलते फिरते थे। अब जब राम के मुँह से उन्होंने यह बात सुनी तो उन्हें बड़ी खुशी हुई।

राम बोले—तुम आगे चलो। बालि को ललकारो। मैं पेड़ की आड़ से तुम्हारी गुत्थमगुत्थी देखता रहूँगा। मौका देखकर बालि को अपने तीर का निशाना बनाऊँगा।

सुग्रीव मारे खुशी के नाचने लगे। उनके मंत्रियों ने भी खुशी से किलकारियाँ भरीं।

किष्किंधा नगरी के सिंह द्वार पर पहुँच कर सुग्रीव ने बड़ी विकट हुंकार भरी।

बालि बाहर निकला। सुग्रीव को देख कर गुस्से के मारे भूनकर वह खाक हो गया। गरज कर वह बोला—इतने दिनों तक कहाँ छिपा रहा। रे दुष्ट, मैं बहुत दिनों से तेरी प्रतीक्षा में था। आज मेरे लिए बड़ा ही अच्छा दिन है। आ, मैं तुझे चुटकियों

से मसल डालूं।

सचमुच सुग्रीव बालि के आगे ऐसा नाचीज, ऐसा नगण्य था कि अकेले होने पर बालि उसे कुचल डालता। मगर आज महावीर रामचन्द्र का मजबूत हाथ उसकी पीठ पर था। इसी से उसका साहस चार गुना बढ़ा हुआ था। वह बार-बार जोरों से गरजता और ताल ठोंकता।

बालि को पहले तो अचरज हुआ। फिर उसने सोचा शराब पी आया होगा। अपने छोटे भाई पर क्षण भर के लिए उसके हृदय में दया की भी भावना हुई, परन्तु सुग्रीव के मुँह से अवाक्य कुवाक्य सुनकर बालि को फिर गुस्सा आ गया। उसने गरजकर कहा—ठहर रे बेईमान, आज तुझे मज़ा चखाता हूँ।

दोनों भाई भिड़ गये। दोनों की वह कुश्ती देखते ही बनती थी। राम ने इससे पहले जंगली दंगल नहीं देखा था। आखिर सुग्रीव भी तो बालि का सगा भाई था न? बालि के लिए वह कमजोर भले ही रहा हो, मगर था वह भी काफ़ी ताक़तवर।

कसकर दंगल होने लगा। राम और लक्ष्मण एक पेड़ की ओट में से तमाशा देख रहे थे। राम ने अपना धनुष और तीर सम्भाल रखा था। परन्तु यह क्या? सुग्रीव को पहचानना मुश्किल हो गया। जैसे बालि वैसे सुग्रीव। चेहरा मोहरा सब बराबर। दाव-पेंच भी बराबर ही मालूम दे रहे थे। चीख पुकार गर्जन-तर्जन सब बराबर। राम के लिए बालि, और सुग्रीव को अलग-अलग पहचानना कठिन हो गया। दोनों में वह किसको अपने तीर का निशाना बनावे। बड़ी दुविधा में पड़ गये। कहीं बालि जानकर निशाना साधे और सुग्रीव का काम तमाम हो तो सीता मिलकर रहीं?

राम इसी सोच विचार में थे। कुछ समझ में नहीं आ रहा था कि क्या करें।

इतने में उन दो कुश्तीबाजों में से एक छिटककर इसी ओर

भागता नज़र आया। हाँफला हाँफता सुग्रीव राम के पास आया और बड़ी ही खिन्न मुद्रा में उसने कहा—खूब, आपने भी बालि को मारा। यही तमाशा देखना था तो मुझसे कहते, अपने दो पट्ठों को भिड़ा देता और दंगल देखने की आपकी ख्वाहिश पूरी हो जाती। मैं अगर भाग न आता तो वह दानव अवश्य ही आज मेरी जान ले लेता। महाराज, मैंने आप पर विश्वास किया इसलिए धोखा खाया। अब मैं कान पकड़ता हूँ।

राम को बड़ी लज्जा हुई। हाथ पकड़कर सुग्रीव से उन्होंने कहा—बन्धु, तुम दोंनो भाई शकल-सूरत में बिल्कुल एक जैसे मालूम हो रहे थे। मैं भारी दुविधा में पड़ गया। जब जब तीर निकालने के लिए तरकश की ओर यह हाथ बढ़ाता तब तब तुम्हारी स्नेह भरी मुद्रा इन आँखों में नाचने लगती। अनिष्ट की आशंका से हृदय थरथर काँपने लगता। तुम्हीं बताओ, ऐसी स्थिति में तीर छोड़ना कहाँ तक उचित होता?

फिर क्या हो?

राम ने कहा—मुझे एक उपाय सूझ रहा है। तुम एक माला पहन लो। फिर जाकर बालि से गुथ जाओ। पहचानने में मुझे आसानी होगी और बालि को मार गिराना मेरे लिये सरल हो जायेगा।

अगले दिन दुगुने जोश से सुग्रीव बालि को ललकारने लगा। बालि को बड़ा ही क्रोध हुआ। उसने सोचा चींटी के पंख निकल आये हैं। आज इसका कचूमर निकाल दूंगा। सारा झंझट हमेशा के लिए खतम हो। नहीं तो यह इसी भाँति तंग करता रहेगा, अहमक कहीं का। ऋष्यूमक का समूचा पहाड़ी इलाका मैंने इसके लिए छोड़ रखा है। इस पर भी अपनी जान जोखिम में डालता है तो मैं क्या करूंगा।

बालि ने नजदीक आकर सुग्रीव को अंतिम बार चेतावनी दी—अरे, नाहक ही क्यों अपने प्राण गँवाने आये हो। तुम्हारे बहुत

से अत्याचारों को मैंने चुपचाप बरदास्त किया है। अब अधिक मेरे बूते की बात नहीं है। भागो भाई, नाहक क्यों मुझे चिढ़ाते हो···

आज सुग्रीव के उत्साह का अन्त नहीं था। आज उसे पक्का विश्वास था कि बालि राम के तीर का निशाना होगा ही। उसनें कहा—अत्याचार मैंने किया है या तुमने, यह बात तारा भली भाँति जानती है। तुमने बुरे से बुरा काम किया है। अनुज को सताया है, छोटे भाई की औरत को रखेली बनाके रखा है। तुम्हारे भार को अब तक धरती ने कैसे बर्दाश्त किया ? यह मेरी समझ में नहीं आ रहा है। आज तुम्हें अपने सारे पापों की सजा मिलेगी।

सुग्रीव ने ताल ठोंकी तो बालि किटकिटाकर दौड़ा। दोनों आपस में पूरी तरह गूँथ गये। सुग्रीव के गले में अरहुल के लाल फूलों की माला झूल रही थी।

इस बार रामचन्द्र बड़ी सावधानी से दोनों का मल्ल युद्ध देख रहे थे। मौका पाते ही पेड़ की आड़ से उन्होंने निशाना साधा और तीर छोड़ दिया।

धनुष से छूटा हुआ तीर गनगनाता हुआ जाकर बालि की पीठ में लगा। वह तत्काल धरती पर लुढ़क गया। तीर इसके कलेजे को बेधता हुआ बाहर निकल आया था। गिरते समय बालि की आह से दशों दिशाएँ गूँज उठीं।

अंगद बालि का पुत्र था। तारा अब उसी की स्त्री थी। दोनों दौड़े आये। सुग्रीव अलग खड़ा था। तब रामचन्द्र पेड़ की आड़ से बाहर निकल आये थे। बालि अभी मरा नहीं था। थोड़ी देर में उसे होश हुआ तो उसने अपने सामने राम को खड़े पाया। कराह कराह कर बालि ने राम से यह शब्द कहे—यह तुमने अच्छा नहीं किया है। सुना है, तुम अयोध्या के राजकुमार हो। पिता की आज्ञा से बनवासी जीवन बिता रहे हो। तुम्हारी वीरता की कहानियाँ

भी मैंने सुनी है। सुग्रीव से तुम्हारी मित्रता है, यह भी मैं जानता हूँ। परन्तु, किसी को इस तरह छिपकर अपने तीर का निशाना बनाना कहाँ तक उचित है ? हे राजकुमार ! यह तुमने बड़ा कुकर्म किया है जिसकी उपमा इतिहास में ढूंढ़ने पर भी नहीं मिलेगी। हाय, इतने महान राजकुल में जन्म लेकर ऐसी क्षुद्र बुद्धि तुमने कहाँ पाई ? ओह !

राम जरा देर के लिए गम्भीर हो गये। फिर बोले—तुम अत्याचारी हो। अनुज की बधू को तुमने भ्रष्ट किया है। भाई को नाहक़ सताया है। तुम इसी तरह मारने लायक थे। इस प्रकार पेड़ की आड़ से तुम पर तीर चलाना बिल्कुल उचित था, तुम्हारी मृत्यु से रत्ती भर भी पश्चाताप मुझे नहीं होगा।

हूँ ! बालि धीरे से बोला—मल्लयुद्ध करते समय किसी को छिपकर मार देना···यह रिवाज़ भला तुम्हीं लोगों में होगा। हम ठहरे सीधे सादे जंगली ! हमारी इतनी बड़ी लम्बी नाक नहीं हुआ करती जैसे तुम भले लोगों की। इस कपट की बात हमारी कल्पना तक में भी कभी नहीं आती। मान लिया कि मैं अधम हूँ, मैंने बड़े कुकर्म किये हैं। ठीक है तो तुम सामने आ कर मुझे सज़ा देते। यह चोरों की भाँति छिपकर अपराधी पर तीर चलाना इस प्रकार के दंड का किस शास्त्र में विधान है, यह बात तुम्हीं को मालूम होगी। हे रघुवंशी राजकुमार ! कितना अच्छा होता कि अपने जीवन की इन अंतिम घड़ियों में मैं तुम्हारी आर्य जाति के प्रति सद्भावना का अनुभव करता। धिक्कार है तुम्हें···

बालि चुप हो गया। आवेश के मारे उसकी आँखें छलछला आईं। नज़र के इशारे से उसने भाई को, पुत्र को और तारा को नज़दीक बुलाया।

उसकी आवाज़ धीमी पड़ गई। लगातार लहू बहने से उसकी शक्ति क्षीण हो रही थी उसका अंत बिल्कुल करीब था।

सुग्रीव को भी भाई की इस हत्या से खेद नहीं हुआ हो सो बात नहीं। अब उसे पता चला कि स्वार्थ के कारण उसने कुल की कितनी बड़ी हानि कर डाली है।

सुग्रीव झुक गया। अपने एक कान को उसने भाई के ओठों से सटा दिया।

बालि ने अस्पष्ट और अत्यन्त खिन्न स्वर में कहा—खैर, मित्रता अच्छी चीज़ है, मगर इन लोगों से होशियार रहना। बड़े स्वार्थी होते हैं ये…

इससे अधिक बालि कुछ नहीं बोल सका। उसकी पुतलियाँ उलट गईं।

सीता की खोज

राम स्वयं तो नगर में जा नहीं सकते थे। अतः लक्ष्मण को सुग्रीव के अभिषेक के लिए भेजा।

सुग्रीव राजा बने, अंगद युवराज। अंगद बालि का लड़का था।

लक्ष्मण ने किष्किंधा से जंगल की ओर लौटते समय सुग्रीव से कहा। देखना वानरराज, हमारे काम का ध्यान रखना।

इधर बरसात आ गयी। बरसात में दोनों भाई पहाड़ की गुफाओं में रहे।

बरसात बीत जाने पर भी सुग्रीव ने जब उनकी सुध न ली तो राम को बड़ा ही क्षोभ हुआ। एक दिन वह लक्ष्मण से बोले —सुग्रीव तो बड़ा स्वार्थी निकला। राज पाकर उसने मुझे बिल्कुल भुला दिया। बरसात बीते इतने दिन हो गये लेकिन सीता का पता लगाने के लिए उसने कुछ न किया। भैया, जाकर देखो तो आखिर वह कर क्या रहा है?

लक्ष्मण किष्किंधा जाकर सुग्रीव से मिले। उसको बड़ी फटकार सुनाई। हनुमान ने भी अपने मालिक को मित्र धर्म के प्रति सचेत किया।

लक्ष्मण को क्रोध भरी मुद्रा में देखकर वे काफी डर गये थे। सभी ने मिलकर उनके क्रोध को शान्त किया। सुग्रीव ने स्वयं गिड़गिड़ा कर सुमित्रानन्दन से कहा—बन्धु, कल ही अपने चरों को सीता की खोज में इधर-उधर भेज दूँगा।

लक्ष्मण ने सुग्रीव से कहा—इतने से काम नहीं चलेगा। स्वयम् चलकर श्रीमान रामचन्द्र से क्षमा माँगो। और भी दूतों को सीता का पता लगाने के लिए भेजना होगा।

अगले दिन सुग्रीव सदलबल ऋष्यमूक पर्वत पर पहुँचा। उपहार देने के लिए बहुत सी सामग्री वह अपने साथ ले गया था।

निकट आते ही सुग्रीव राम के चरणों पर गिरा। राम ने उसे उठाकर छाती से लगा लिया। उन्होंने उससे कुछ कहा नहीं, केवल गम्भीर होकर उसकी ओर ताकते रहे।

सुग्रीव ने दोनों हाथ जोड़कर सिर झुकाकर विनीत स्वर में कहा—प्रभु जी, मुझसे प्रमाद हो गया है। हम जंगली क्षुद्र स्मृति-वाले होते हैं। हमारी चेतना अविकसित स्थिति में है। हम पशु-धर्मी ठहरे। खाओ, पीओ और मौज करो। यही हमारा जीवन है। ऐसी स्थिति में अगर अपराध हो गया तो क्षमा आपको करनी ही होगी।

राम ने लक्ष्मण और हनुमान की ओर देखा। सुग्रीव अपराधी की मुद्रा में हाथ जोड़े सामने खड़ा था।

प्रभु के चित्त को प्रसन्न करने वाली मधुर वाणी में पवन-सुत हनुमान बोले—देव, हमारे मालिक ने बिल्कुल ठीक कहा है। हम लोगों से भूल-चूक होना आसान है। अब कभी इस प्रकार का प्रमाद हमारी ओर से नहीं होगा। माता जानकी

की खोज के लिए अनेकों चर इधर-उधर भेजे जा चुके हैं। कुछ और भेजे जायेंगे। जब तक जानकी का संधान हम पा नहीं लेते, हमारा यह प्रयत्न तब तक शिथिल नहीं होगा। वानरराज सुग्रीव और उनके हम अनुयायी आपको इस बात पर पूरा आश्वासन देते हैं कि बहुत जल्दी उस दुष्ट का पता हम लगा लेंगे, जिसने मिथिला की राजकुमारी को कैद कर रखा है।

रामचन्द्र ने सुग्रीव के कंधे पर अपना हाथ रखा तो उसका मुख-मंडल मेघयुक्त चन्द्रमा की भाँति उद्भासित हो उठा। उसने पुनः पुनः रामचन्द्र को प्रणाम किया।

अब सुग्रीव ने अपने भटों को एकत्र किया और उन्हें आज्ञा दी—

राम काज अरु मोर निहोरा।
बानर जूथ जाहु चहुं ओरा॥
जनक सुता करं खोजहु जाई।
मास दिवस मंह आवहु भाई॥
अवधि मेटि जो बिनु सुधि पाये।
अवसि मरहिं सो मम कर आये॥

अपने प्रभु की आज्ञा पाकर पचासों वानर सरदार सीता का पता लगाने के लिए दशों दिशाओं में फैल गये। कोई किसी ओर गया तो कोई क़िसी ओर।

इसके बाद सुग्रीव ने अपने मन्त्रियों और सेनापतियों को एकत्र किया। हनुमान, जामवन्त, नल, नील आदि जुटे। अंगद भी उनमें था। इन सभी को सुग्रीव ने दक्षिण दिशा की ओर जाने को कहा।

हनुमान के हृदय में रामचन्द्र के प्रति एक उक्त श्रद्धा पैदा हो गयी थी। वह सोचते थे—यह कोई साधारण राजकुमार नहीं। दशरथ के पुत्र मात्र समझ कर इनके व्यक्तित्त्व को कोई नहीं

परख सकता है। इनमें सम्पूर्ण संसार को सुखी बिना देने की शक्त निहित है।

इसी से सीता की खोज में बिदा होते समय हनुमान ने जाकर रामचन्द्र को भक्तिभाव पूर्वक प्रणाम किया, प्रणाम कर चुकने पर हाथ जोड़कर उन्होंने कहा—भगवन्, आप आशीष दीजिए, मैं जिस काम के लिए जा रहा हूँ उसमें सफल होऊँ।

राम ने आशीष भी दी और अपनी ऊँगली से निकाल कर अंगूठी भी दी, बोले—सीता को भली भाँति समझा देना। उसके कष्ट के थोड़े ही दिन अब रह गये हैं।

हनुमान बिदा हुए। उन्हें पूर्ण विश्वास था कि सीता का पता सबसे पहले उन्हीं को लगेगा। वही यह शुभ समाचार सबसे पहले श्रीराम को सुनायेंगे।

सुग्रीव के भट सीता के अनुसन्धान में पहाड़ों जंगलों की खाक छानते आगे बढ़ रहे थे। किसी भी गुफ़ा को उन्होंने नहीं छोड़ा। एक भी झाड़ी और छोटा सा भी झुरमुट इनकी पैनी आँखों से ओझल न हुआ। मगर सीता का कहीं पता नहीं। एक से एक निर्जन और भंयकर जंगल में वे भटकते रहे। कुछ आगे जाकर एक ऐसा इलाका आया जहाँ पानी दुर्लभ था। पेड़-पौधे सूखे पड़े थे। धरती में दरार फट गयी थी। ताल तलैया, झील, सरोवर सब सूखे हुए थे। ऐसे प्रदेश में पहुँच कर वानर वीर बड़े घबड़ाये। प्यास के मारे उनकी जान जाने लगी। सूखे-सूखे पहाड़भूरी और लाल रंग की धरती।जंगल के नाम पर ठूंठ और खूंटे गड़े पड़े थे। हरियाली का कहीं नाम नहीं। प्रकृति नटी का वह श्रृंगार बड़ा ही नीरस, बड़ा ही रुद्र था, एक पहाड़ की चोटी पर चढ़कर हनुमान ने देखा। बड़ी दूर आगे आसमान में पंछी उड़ रहे थे। जरा सी हरियाली भी नजर आयी सब की राय हुई, उधर ही जाकर जान बचावें।

आगे जाने पर उन्हें एक सुरंग मिली···अँधेरी और बहुत पुरानी। हाथ में लुकाठी ले लेकर सब आगे बढ़े। बड़ी दूर निकल जाने पर सुरंग का छोर मिला। उससे सट कर एक झील लहरा रही थी। पानी उसका खूब ही मीठा था। हरे भरे पेड़ों से उसके किनारे सुशोभित थे। मृदु मंद शीतल सुगन्धित बयार चल रही थी। यहाँ पहुँचते ही सबकी थकावट दूर हो गयी।

यहीं उन्हें एक तपस्विनी मिली। उमका चेहरा तेज़ से दमक रहा था। हाथ जोड़कर सभी ने उसे प्रणाम किया और अपना हाल बताया। वह बोली···सरोवर में नहाओ, भर पेट फल-फूल खाओ, कोई मना करने वाला नहीं है। सभी वानर सरदार सरोवर में घुसे। जी भर नहाये। कमल की फजियाँ : कमलगट्टा से पेट भर लिया और पानी तो न जाने कितना पिया।

यह सब तो हुआ, परन्तु वहाँ से बाहर जाने का रास्ता नहीं मिल रहा था। बड़े चकराये। फिर उसी तापसी ने कहा—बच्चो, आँख मूंद लो। जहाँ जाना है पहुँच जाओगे।

थोड़ी देर में आँख खोलकर उन्होंने देखा तो अपने को समुद्र के किनारे पाया।

अब समुद्र में क्या होगा ? भूमि तो थी नहीं कि टापते चले आते। इनके लिए दक्षिण दिशा का मानो वहीं अन्त हो गया था सभी घबड़ा गये, अब क्या हो ?

सम्पाती नामक एक गीध सरदार था, जटायु का बड़ा भाई। वानर वीरों की बात सुनकर उसे बड़ी खुशी हुई, सोचा बहुत दिनों से भर पेट खाना नहीं मिला है। आज संयोग से शिकार को सामने देख रहा हूँ, गीध उड़कर उनके नजदीक आ बैठा। वानरों से उसने कहा···खबरदार ! भागने की कोशिश न करना।

वे बहुत डर गये। उन्हें निश्चय हो गया कि इस गीध के चंगुल से हमारी रक्षा करने वाला यहाँ कोई नहीं है। अंगद के मुँह से निकला। धन्य थे जटायु उन्होंने राम के लिए अपना शरीर

दे दिया ।

सम्पाती का मत उत्सुक हो उठा···यह कौन हमारे भाई का नाम लेता है ? मत डरो मैं तो तुम्हारा कुछ न बिगाड़ूंगा···यह सम्पाती ने कहा। अब वानरों को अपनी प्राण रक्षा का मानो आश्वासन मिल गया। हनुमान ने दोनों हाथ जोड़कर बूढ़े गीध से कहा···प्रभु, जटायु आपके कौन होते हैं।

सम्पाती ने खिन्न स्वर से कहा···वह मेरा ही अपना छोटा भाई था। चलो बेटा, तुम लोग मुझे समुद्र के किनारे पहुँचाओ। मैं जटायु के नाम पर जलदान देना चाहता हूँ।

हनुमान उसे अपनी पीठ पर लाद कर समुद्र के किनारे ले गये। जटायु के नाम पर उसने जलांजली दी।

लौट कर सम्पाती ने अपने जीवन की कथा सुनायी। वह कहने लगा। हम दोनों जवानी के उमंग में उड़ते-उड़ते सूर्य छूने पहुँचे। जटायु सूर्य की प्रचण्ड गरमी न सह सका लौट कर नीचे आ गया। मुझे अपनी ताक़त का बड़ा घमण्ड था। मैं सूर्य के बिलकुल करीब चला गया। गर्मी से मेरा पंख झुलस गया और बेहोश होकर मैं जमीन पर गिर गया। मैं बहुत दिनों तक कराहता रहा, घाव से छटपटाता रहा। एक मुनि को मेरी दुर्दशा ने द्रवित कर दिया मेरे पास आकर वह बोले कि त्रेता में राम की स्त्री को रावण हर ले जायेगा, उन्हें खोजने के लिए बन्दर जायेंगे उनसे तुम्हारी भेंट होगी। तुम्हीं से उन्हें सीता का पता मिलेगा। फिर तुम्हारे पंख भी जम जायेंगे। चिन्ता मत करो···तब से मैं यहीं पड़ा हूँ। अब श्रीरामचन्द्र का दर्शन करने के लिए ऋष्यमूक पर्वत पर जाने की मेरी इच्छा हो रही है। तुम लोग लंका जाओ। वहाँ का राजा रावण है। निवासी वहाँ के सारे के सारे राक्षस हैं। चारों ओर समुद्र, बीच में चार सौ कोस चौड़ा टापू। त्रिकूट : तीन चोटियों वाला : पहाड़ पर उसकी राजधानी बसी है, वहीं सीता मिलेगी मैं देख तो रहा हूँ, मगर बूढ़ा होने के

कारण इस काम में तुम्हारी कुछ भी मदद नहीं कर सकता। समुद्र को जो पार कर जाएगा, वही सीता का पता लगा सकेगा।

संपाती के पंख जम आये और वह उड़कर उत्तर की ओर चला गया।

अब नई समस्या उपस्थित हुई। कौन समुद्र पार करेगा? कोई कहता—मैं सौ कोस तक जा सकता हूँ तो कोई कहता, मैं दो सौ कोस, पर चार सौ कोस तक जाने की हिम्मत किसी में नहीं थी। अन्त में अंगद बोले—जा तो मैं सकता हूँ लेकिन वापस नहीं आ सकूँगा। अंगद की बात सुनकर जामवन्त ने कहा—आप ठहरे हमारे युवराज। भला, ऐसे खतरे की जगह में आपको हम भेज ही कैसे सकते हैं?

फिर हनुमान की ओर देखकर उस बूढ़े भालू ने कहा—आप ही को तो यह काम करना है। चुप क्यों हैं आप? एकमात्र श्रीरामचन्द्र के लिए ही आपका आविर्भाव हुआ है। आप अवश्य ही लंका पहुँच सकते हैं और वहाँ से सकुशल लौट भी आ सकते हैं।

जामवन्त की बातों से हनुमान प्रोत्साहित भी हुए। उन्होंने महसूस किया कि बदन में बिजली दौड़ रही है। विशाल शरीर में पंख उग आये हैं।

गरजकर हनुमान बोले—मैं अवश्य सीता का समाचार ले आऊँगा। मेरी बाँहों में अनुपम बल है। मैं समूची लंका नगरी को उखाड़कर श्रीराम के चरणों में उपस्थित कर सकता हूँ। रावण मेरे आगे कीड़ा से क्षुद्र है…

उछल-उछल कर, पूंछ को बारम्बार फटकार-फटकार कर पवनपुत्र हनुमान गरजने लगे।

समुद्र लंघन

हनुमान के अन्दर प्रचण्ड आत्म विश्वास जगा। उनकी धारणा दृढ़ हो गई कि सीता का पता मैं अवश्य पाऊँगा।

समूची ताकत बटोरकर हनुमान उछले और आकाश की ओर उठते गये। फिर :

जिमि अमोघ रघुपतिकर बाना।
ताही भाँति चला हनुमाना॥

समुद्र को पता चल गया कि यह मर्यादा पुरुषोत्तम रामचन्द्र की अपहृता पत्नी सीता का पता लगाने के लिए लंकापुरी जा रहे हैं। समुद्र ने सोचा—मुझसे भी जो कुछ सहायता बन पड़ेगी करूँगा।

उसने अपने अन्दर छिपे बैठे मैनाक पर्वत से कहा—तुम जरा बाहर उठ जाओ। हनुमान को थकावट मालूम होगी तो तुम्हारी पीठ पर बैठकर जरा सुस्ता लेंगे। राम की सेवा में अपने को लगाकर तुम भी धन्यवाद के भाजन बन सकते हो।

मैनाक ने समुद्र की बात मान ली वह ऊपर उठ आया। मैनाक तबसे समुद्र के अन्दर छिपा था। जब से इन्द्र नाराज होकर पहाड़ों के पंख काटते फिर रहे थे। मैनाक ने आत्मरक्षा के लिए समुद्र की शरण ली थी।

आगे बढ़ते हुए हनुमान ने मैनाक से कहा—बन्धु, आपकी इस सदिच्छा के लिए मेरा हृदय कृतज्ञ रहेगा। परन्तु अभी मुझे जाने दीजिए। लौटते समय मैं आपके अतिथ्य का लाभ उठाऊँगा।

हनुमान तन्मय होकर आकाश में उड़े जा रहे थे। देवताओं ने चाहा कि उनकी बुद्धि और बल की परीक्षा लें इस काम के

लिए सुरसा चुनी गई। देवताओं ने उससे कहा—तुम जाओ और हनुमान के बल और बुद्धि की थाह लो।

सुरसा ने अपने मुँह को बड़ा बनाकर, विकराल रूप धारण किया। आकर वह बीच आसमान में खड़ी हो गई। हनुमान का रास्ता छेककर। वह उन्हें निगल जाना चाहती थी।

हनुमान ने भी अपने शरीर को बड़े आकार में परिवर्तन कर दिया। राक्षसी ने भी अपना मुँह बड़ा कर दिया। हनुमान और बड़े हो गये। राक्षसी भी फैल गई— इस प्रकार दोनों में होड़ लग गई।

जस जस सुरसा बदन बढ़ावा।
तासु दुगुन कपि रूप दिखावा ।।

सुरसा ने अपने मुँह को जब बेहद बड़ा किया तो हनुमान अंगूठे की तरह छोटे हो गये, उसके मुँह में घुस गये, पेट में चक्कर लगाकर बाहर निकल आये। राक्षसी को बड़ा ही विस्मय हुआ तो हनुमान ने कहा—माता, मैं तो तुम्हारे पेट से निकल आया हूँ, तुम मुझे निगल न सकीं। अब जाने दो।

सुरसा चली गई तो हनुमान तीर की तरह फिर आगे बढ़े कुछ दूर उड़ने पर उन्हें थकावट मालूम हुई। गति में धीमापन आया। ऐसा लग रहा था कि कोई अदृश्य शक्ति हनुमान को आगे बढ़ने से रोक रही थी, थोड़ी देर सोचते रहने पर, बात हनुमान की समझ में आई।

बात यह थी कि समुद्र में एक प्रकार के राक्षस रहते थे जो छाया पकड़कर उड़ने वालों की गति को रुद्ध कर देते थे। ऊपर से उड़-उड़कर जाने वाले पक्षी ही उनका आहार होते थे।

ज्यों ही इस बात का पता चला कि हनुमान ने नीचे आकर राक्षस की जान ले ली।

अब वह समुद्र के किनारे उतरे, लंका की भूमि पर। ध्यान में आया शरीर मेरा बड़ा है। देखकर राक्षस सन्देह करेंगे।

सीता का पता गुप्त रूप से लगाना होगा। मालूम होने पर राक्षस विघ्न पैदा करेंगे।

उन्होंने अपने शरीर को बहुत छोटा कर लिया। अलग से देखा त्रिकूट पहाड़ पर सोने की लंका चमचमा रही है। चारों तरफ सोने का परकोटा था। सोने के महल और सोने की फाटक। विकराल मुँह वाले दैत्य लम्बी तलवार लेकर पहरा दे रहे थे। भीतर घूमना असंभव था।

रात हो आई। काफी अन्धेरा हो गया। हनुमान मच्छड़ का रूप धारण करके अन्दर घुसे। ज्यों ही आगे बढ़े कि एक भयानक राक्षसी राह रोककर खड़ी हो गई। डपटकर पूछा, बोल कहाँ से आया है ? आने का क्या प्रयोजन है। सच-सच बतला, नहीं तो चुटकी से मसल डालूँगी।

हनुमान ने अत्यन्त नम्र होकर कहा—देवि, मुझे यहाँ काम नहीं है केवल नगर देखने आया हूँ। स्वर्ण निर्मित तुम्हारी यह नगरा विश्व भर में प्रख्यात है। मैंने बचपन से ही लंका का नाम सुन रखा था। आज अवसर मिला है।

गरजकर राक्षसी बोलो—मैं यहाँ इसीलिए चक्कर लगाती रहती हूँ कि अनजाने कोई उधर से घुस न आवे। ओ चोर। तू कैसे घुस आया ? अब तो जिन्दा लौट नहीं सकता।

उसने हनुमान के मुँह में कसकर तमाचा लगाया। मारुति को बड़ा क्रोध आया। हुमचकर एक लात उसकी पीठ पर जमा दी वह गिर पड़ी। मुँह से काफी खून निकला। बड़ी देर तक बेहोश रही। चेतना लौट आने पर उठी तो हाथ जोड़कर बोली—बेटा, तूने आज मेरा उद्धार कर दिया। राम के दूत के हाथ से मैं मर रही हूँ, यह कम सौभाग्य की बात नहीं राक्षसों का नाश निकट है। जब लंका नगरी आबाद हुई तो विधाता ने मुझ पर ही इसकी निगरानी का भार सौंपा और तब से मैं यहाँ पहरा देती आई हूँ। विधाता ने मुझसे कहा था—जब किसी बन्दर के

थप्पड़ से मारे जाने पर तू खून के कै करे तो समझ लेना कि राक्षस वंश का अन्त समीप है। त्रेता में श्रीरामचन्द्र लंका पर आक्रमण करेंगे। उन्हीं के हाथों रावण का वध होगा—बेटा, निश्चय है कि वे दिन आ गये हैं। जाओ अपना काम करो।

इतना कहकर राक्षसी मर गई, उसका शरीर ठंडा पड़ गया।

अब हनुमान को अपनी क्षमता पर पूर्ण विश्वास हो गया निडर और निफिकिर होकर वह लंका के अन्दर महलों की छानबीन करने लगे, उन्हें रावण के महल का पता लगाना था। सीता कहाँ रक्खी गई हैं, यह पता लगाना था, कभी-कभी यह भी सन्देह होता था कि सीता मार तो नहीं डाली गईं। या यह भी हो सकता है कि परेशान किए जाने पर उन्होंने स्वयं ही आत्महत्या कर ली हो। इस प्रकार कई बातें हनुमान के मस्तिष्क में चक्कर खा रही थीं।

आखिर एक मकान के नजदीक वह पहुँचे। मकान क्या था, बहुत बड़ा महल था। उसके अन्दर छोटे-छोटे कितने ही महल होंगे, बाहर, फाटक पर भीमकाय राक्षसों का पहरा था फाटकों में हीरे जवाहरात खचित थे। मशक रूपधारी हनुमान अन्दर घुसे, भीतर की संपत्ति देखकर उन्हें विश्वास हो गया कि यही यहाँ के राजा का महल हो सकता है, हीरा जड़े हुए हाथी दाँत के कई बड़े-बड़े पलंग बिछे हुए थे। उनमें चारों तरफ पुतलियाँ लगी थीं जो धीरे-धीरे पंखा झल रही थी दिया न होने पर भी प्रकाश की कमी नहीं थी। दीवार में जड़ी हुई मणियाँ रंग-बिरंगी रौशनी दे रही थीं, मीठी और ठंडी रोशनी। कोना-कोना प्रकाश से पूर्ण था। पलंगों पर सुन्दरियाँ सोई हुई थीं, एक पलंग कुछ बड़ा था। उस पर जो सो रही थी सौन्दर्य की दृष्टि से वह प्रथम श्रेणी की स्त्री थी। हनुमान ने सोचा—यही बड़ी रानी है। मगर सीता कहाँ होगी ?

सीता ने राक्षसराज के आगे आत्मसमर्पण नहीं किया होगा। इसलिए वह अवश्य ही कैद में डाल दी गई होंगी। तनहाई में, या राक्षसियों की कड़ी निगरानी में वह किसी पिंजड़े के अन्दर बन्द होंगी—

सीता की याद आते ही हनुमान ने अपने पैरों में फुरती अनुभव की। आगे बढ़े। रावण अन्तःपुर का रंग-ढंग देखकर क्षणभर के लिए जो वह ठिठक गए थे, सो सीता की स्मृति आते ही वह फिर सचेत हो गये।

आगे एक चौकोर वेदी पर बहुत बड़ा पलंग बिछा था। वह अलग से ही चकमक कर रहा था। नजदीक जाने पर हनुमान ने देखा कि दस मुंह वाला राक्षसराज दस तकियों पर सिर रक्खे हुए लेटा पड़ा है। वह दृश्य बड़ा ही विचित्र था। विशाल और पृथुल शरीर, जिस पर दस भारी-भारी माथे बीस आँखें, बीस कान, हनुमान ने इस दृश्य की पहले कल्पना ही की थी, आज देखने को मिला। उनके मन में यह बात आई कि विधाता की सृष्टि कैसी विलक्षण है।

महल से निकलने पर वह नगर के बाहर बागों की ओर गए, वहाँ एक जगह कुटी बनी हुई थी जिसके आसपास तुलसी के पौधे लहरा रहे थे। सारा वातावरण सात्विक था। यह निश्चय था कि इस कुटी में कोई सन्त रहता है। परन्तु—

लंका निसिचर निकर निवासा।
यहाँ कहाँ सज्जन कर वासा॥

बड़े आश्चर्य की बात थी कि इतने में एक सभ्य पुरुष कुटी से बाहर निकला। हनुमान के मन में हुआ कि यह कोई छटा हुआ राक्षस है बड़ा ही धूर्त, परले दरजे का छलिया। तभी तो सज्जन का रूप धारण करके रहता है। यह व्यक्ति गुप्तचरों का मुखिया होगा। इस प्रकार हनुमान सोच ही रहे थे कि विभीषण ने उन्हें नमस्कार किया। वहाँ पहुँचते ही हनुमान ने विप्ररूप

धारण कर लिया था। दोनों में देर तक प्रेमालाप हुआ। घनिष्तठा ने बन्धुता का रूप धारण किया। वहीं हनुमान को सीता के सम्बन्ध में कुछ सूचनाएँ प्राप्त हुईं।

सीता से भेंट

अशोक वाटिका। इस बाग में सारे पेड़ अशोक के ही थे। सीता यहीं रखी गई थीं। छोटा रूप धारण करके हनुमान उसी पेड़ पर जा बैठे। जिसके नीचे जानकी बैठी थीं। हनुमान यही सोचते रहे कि किस प्रकार अपने को सीता के समक्ष प्रकट करें। इसी गुन धुन में बहुत समय बीत गया। रात बीत गई। सूर्य की किरणों से सोने के महल जगमगा उठे। प्रातःकाल होते ही सजधज कर रावण वहाँ आ पहुँचा। साथ में राक्षसियों की जमात थी।

सीता दुबली-पतली हो गई थी। रूखे-सूखे बिखरे बाल उदास चेहरे को और भी उदास बना रहे थे। पहनावे में मामूली सा वस्त्र, गहने का नाम नहीं था।

हनुमान ने अन्दर-ही-अन्दर कहा—महारानी! यह कैसा रूप आपका हो गया है। सूर्य के अभाव में कमल की जो दुर्गति होती है और चन्द्रमा के वियोग में कुमुदिनी की जो दुर्दशा होती है, राम के बिछोह में आपका भी वही हाल हो गया है। जिस दुष्ट ने आपको इस संकट में डाल रखा है, उसके सत्यानाश में अब तनिक भी विलम्ब नहीं है। मैं जाकर आपकी यह विषम स्थिति श्रीरामचन्द्र को बताऊँगा। महाबाहु वीरवर दशरथ-नन्दन सुग्रीव समेत जब लंका पर चढ़ आवेंगे तो आपको कितनी प्रसन्नता होगी?

इधर रावण जब सीता के पास पहुँचा तो वह उसकी ओर

पीठ फर कर बैठ गई। छूटते ही रावण ने कहा, कब तक तुम यों नखरे करती रहोगी ? जिसके नाम पर सती हो रही हो वह भिखारी राम अयोध्या लौट गया है। वहाँ तुम्हारे भरोसे वह नहीं बैठा है। दूसरी शादी कर ली है। सीता को क्रोध तो बहुत आया, परन्तु अपनी वाणी को व्यंग्य के विष में डुबोकर गम्भीरता से वह बोलीं—मैं नहीं जानती थी कि राक्षसों का राजा ऐसा सत्यवादी है। उसके यहाँ झूठ को सत्य कहा जाता है। धिक्कार है ऐसे राजा को जो भिखारी की स्त्री को चुरा लाता हो। हे जुगनूँ, राम के प्रचण्ड प्रताप के आगे तुम्हारा क्या लेखा ? तुम मर्यादा पुरुषोत्तम भगवान रामचन्द्र को भला क्या समझोगे ? शिव का वह धनुष जब तुमसे नहीं उठ सका तो भला कैलाश को तुमने क्या उठाया होगा ? छोटे मुँह बड़ी बात मत करो। राम तुम्हारी तरह लुच्चा नहीं है कि गली-गली में शादी करते चलेंगे। न वह तुम जैसे झूठे हैं कि पिता के वचन को पूरा किए बिना ही अयोध्या लौट जाएँगे। दुर झूठा, थू···रावण को ऐसा लगा मानो किसी ने मुँह पर थूक दिया हो। बड़ा बिगड़ा। लाल-पीला होकर बोला। देख, मैं तुझे एक महीने का समय देता हूँ, तब तक अगर राजी न हुई तो कुत्ते से नुचवा दूंगा। यह न अयोध्या है, न जनकपुर। लंका है, लंका ! अग्नि और वायु जिसके डर से थर-थर काँपें, देवताओं का राजा इन्द्र जिसके आगे हाथ जोड़े खड़ा रहे, उस रावण का तुम अपमान करोगी तो बुरा हाल होगा। बतला देता हूँ···

जा, जा···सीता ने फटकारा तो रावण दाँत किटकिटाकर रह गया।

जाते समय उसने वहाँ राक्षसियों को तैनात कर दिया। यह रोज का काम हो गया था। सीता खरी-खोटी सुनाने से कभी न चूकती। रावण इस आशा में नरमी का बर्ताव कर रहा था कि औरत दिल है, कभी-न-कभी बेंत की तरह मुड़ेगा

हो। इधर सीता का हृदय पत्थर तो क्या, लोहा था। फिर भी उस दुष्ट को आशा थी। इसलिए समझाने बुझाने के काम में राक्षसियों को लगाए हुए था।

उन खूँसट और दंतुलि राक्षसियों में से एक का नाम त्रिजटा था। समझा-बुझाकर उसने सभी को बिदा किया कि सीता को तंग मत करो, ज्यादा तंग करोगी तो इसके शरीर से आग निकलेगी सब जलकर खाक हो जाओगी।

डर के मारे राक्षसियाँ हट गईं। अब रात भी हो चली थी। त्रिजटा ने सीता से कहा था कि उसने सपना देखा है, बड़ी भारी सेना लेकर राम और लक्ष्मण लंका आए हैं रावण को मारकर विभीषण को राजा बनाया है। सीता को लेकर चले गए हैं। इस बात से सीता के हृदय में एक नवीन आशा अंकुरित हो गई।

रात में मौका पाकर हनुमान राम की दी हुई अंगूठी सीता के सामने ले आए। सीता चौंक उठीं। उन्होंने सोचा देवताओं ने प्रसन्न होकर मेरे लिए आग गिरा दी है...अब निश्चय ही मैं जल मरूँगी।

उठकर सीता ने चकमक करती हुई उस अंगूठी को उठा लिया। उठाते ही राम का नाम अंकित देखकर वे बड़ी विस्मित हुईं आश्चर्य के स्वर में बोलीं। किसने तुम्हें यहाँ तक पहुँचाया है? सीता इस प्रकार चकित-विस्मित उस अंगूठी के बारे में सोच रही थी कि हनुमान ने अपने आप गुनगुनाना शुरू किया, जय हो रघुनन्दन राम की! जय घनश्याम की! जय राजीवलोचन की।

इस शब्द को सुनकर सीता के आनन्द का ठिकाना न रहा। वह सभी दुख भूल गईं। गद्‌गद होकर बोलीं—कौन यह अमृत-समान वाणी इन कानों में डाल रहा है? भाई सामने तो आओ।

अशोक के पेड़ पर से उतरकर हनुमान अपने स्वाभाविक रूप में सीता के सामने उपस्थित हुए।

सीता ने समझा, हो न हो, रावण ही यह खेल खेल रहा है। उसकी माया अपरम्पार है। वह मच्छर भी बन सकता है, वानर, भालू और हाथी भी बन सकता है और तुरन्त खम्भा-खूँटा भी हो सकता है। निश्चय ही मुझे भ्रष्ट करने की नियत से रावण ने यह नई भूमिका धारण की है।

सीता ने मुँह फेर लिया तो हनुमान ने कहा—माता, भगवान रामचन्द्र का मैं दूत हूँ और आपका पता लगाने आया हूँ। हे कल्याणी, किसी प्रकार की आशंका आप मत करें। वानरराज सुग्रीव का मैं अनुचर हूँ। पवन-पुत्र अंजनी-नन्दन हनुमान मेरा नाम है। अपने प्रभु की आज्ञा और श्रीरामचन्द्र का आशीर्वाद लेकर इस नगरी में आया हूँ। आप मेरे ऊपर विश्वास कीजिए। रावण को मारकर मैं अकेले भी आपको यहाँ से ले जा सकता हूँ परन्तु श्रीरामचन्द्र की ऐसी आज्ञा नहीं है। अभी केवल पता लगाने के लिए मुझे भेजा है।

छोटे मुंह बड़ी बात करते हो—सीता ने आँख फाड़कर कहा तो पवनसुत ने अपना पर्वताकार रूप प्रकट किया। अब सीता को विश्वास हो गया कि वानरराज सुग्रीव की फौज राक्षसों का मुकाबला कर सकती है। फिर सीता ने राम और लक्ष्मण के कुशल समाचार पूछे। हनुमान ने सारा हाल बताया, सुग्रीव से मैत्री, बालि का वध, वानर वीरों को सीता के अन्वेषण के लिए चारों ओर भेजा जाना। यह सारा हाल हनुमान ने सीता को बतलाया, तो वह बड़ी प्रसन्न हुई।

हनुमान को भूख लगी थी। सीता की आज्ञा लेकर वहीं पास बगीचे में उछल कूदकर वह फल खाने लगे। रखवालों ने रोका तो हनुमान ने उन्हें खूब पीटा। फिर रावण को इसकी खबर हुई। अपने पुत्र अक्षयकुमार को रावण ने भेजा—जाओ

यह कौन उपद्रव कर रहा है ? बगीचे में जाकर देख आओ।

अक्षयकुमार उद्यान में पहुँचा तो उसे देखते ही हनुमान जोर से गरजे और एक पेड़ उखाड़ कर उसे अक्षयकुमार पर फेंका। अक्षयकुमार पेड़ के नीचे दब कर मर गया। दूसरे भी रखवाली करने वाले राक्षस मारे गए। जो बचे उन्होंने रावण के दरबार में जाकर गुहार मचाई। वानर बड़ा बलवान है। उसने कुमार को मार दिया। और हमारा बुरा हाल किया है। रावण विस्मय में पड़ गया। कैसा होगा वह वानर जिसने अक्षय जैसे बलवान तरुण को पस्त कर दिया ?

फिर दशकन्धर ने मेघनाथ को भेजा। यह उसका बड़ा बेटा था। इसके डर से सारी दुनिया थर-थर काँपती थी। इन्द्र तक को मेघनाथ ने धूल चटा दी थी।

मेघनाथ ने हनुमान को बाँधकर रावण के सामने उपस्थित किया। राक्षसराज हनुमान को देखकर दाँत किटकिटाने लगा। क्रोध में भरकर उसने पूछा, कौन है तू ? नाहक क्यों अपनी जान को जोखिम में डाल रहा है ?

मैं श्रीरामचन्द्र का दूत हूँ। हनुमान मेरा नाम है। भूख बड़ी लगी थी। फल तोड़कर खा रहा था कि तुम्हारे पहरेदार मुझे पीटने लगे। अपने प्राण सबको प्यारे होते हैं। मैंने भी जवाबी हमला किया।

रावण ने पूछा, किस गरज से यहाँ आए हो ?

हनुमान ने उत्तर दिया—तुम सीता को हर लाए हो। श्रीरामचन्द्र की आज्ञा से महारानी सीता का पता लगाने आया हूँ। अपना कल्याण चाहते हो तो सीता को लेकर श्रीराम के चरणों में पहुँचो नहीं तो उन्हीं के हाथों तुम्हारा अन्त निश्चित है।

वानर की बात सुनकर राक्षसराज को बड़ा क्रोध हुआ। उसने गरज कर राक्षसों को आज्ञा दी···दुष्ट को मार डालो।

परन्तु विभीषण ने बीच में ही टोका···महाराज, दूत पर हाथ उठाना राजधर्म के प्रतिकूल है।

इस पर रावण रुक गया। स्वयं भी वह विद्वान था और राजनीति की सारी बातें जानता था। उसने निश्चय किया कि इसे जान से नहीं मारना चाहिए। परन्तु उपद्रवी को दण्ड तो देना ही होगा। वानरों को पूँछ बड़ी प्रिय होती है उसमें आग लगाकर छोड़ देना काफी होगा।

ऐसा ही किया गया। हनुमान की पूँछ में सन और सूती कपड़े लपेटकर उसे तेल से तर कर दिया गया। पूँछ में आग लगाकर राक्षसों ने हनुमान को दरबार से खदेड़ दिया। वह भीतर-ही-भीतर बड़े खुश हुए। इधर-उधर उछल-कूद करने लगे। इस छत पर से उस छत पर, इस अटारी पर से उस अटारी पर। राजमहलों में आग लग गई। राक्षस त्राहि-त्राहि करने लगे आवाज आ रही थी···मारो-मारो, पकड़ो-पकड़ो ?

पर कौन हाथ लगाता है ? बिजली की फुरती से छलांग लगाते हुए पवनपुत्र हनुमान ने समूची नगरी का चक्कर लगाया। घर-घर में आग लग गई। अन्त में वह समुद्र में कूद कर अपनी पूँछ की आग बुझा आए। सीता के सम्मुख उपस्थित होकर हाथ जोड़ते हुए बोले—माता, यहाँ का काम मेरा सम्पन्न हो गया। अब श्रीरामचन्द्र के चरणों में जा रहा हूँ। शीघ्र ही श्रीरामचन्द्र दल बल के साथ यहाँ आवेंगे। राक्षस राजा रावण पराजित होगा। एक-एक राक्षस मारा जाएगा। आपका उद्धार होगा। थोड़े दिनों तक आप धैर्य धारण कीजिए।

सीता पुलकित होकर बोलीं—हे वीर, तुम्हें कितना आशीर्वाद दूँ ? तुम चिरंजीव होओगे। तुमने श्रीरामचन्द्र का सन्देश देकर मेरे अन्दर आशा का संचार किया है। इस महादुष्ट की कैद में मेरा दम घुटा जा रहा था। एक-एक क्षण युग के समान भारी लग रहा था। प्रभु के दर्शनों की आशा ही मुझे जिलाए

जा रही है। उनसे शीघ्र आने के लिए कह देना। एक मास के भीतर यदि वे नहीं आए तो फिर यहाँ मुझे जीवित नहीं पावेंगे।

अवश्य आवेंगे···हनुमान ने जोर देकर कहा—देवि—श्रीराम अवश्य आवेंगे। और बहुत जल्दी आवेंगे।

सीता को बारम्बार प्रणाम करके हनुमान समुद्र के किनारे आए। अपना काम उन्होंने भली-भाँति किया था। इसकी उन्हें बड़ी प्रसन्नता थी। भरी सभा में वह रावण को फटकार कर आए थे। दुश्मन के किले में उन्होंने अग्नि काण्ड मचा दिया था। इस सबसे अगली सफलताओं के बारे में हनुमान का विश्वास सुदृढ़ हो गया था।

अब राम का नाम लेकर हनुमान ने छलाँग लगाई तो बस इस पार आ गए। वहाँ अंगद, जामवन्त आदि उनकी प्रतीक्षा कर रहे थे। हनुमान को देखते ही सभी प्रसन्न हुए। उन्हें पहले से विश्वास था कि हनुमान सीता का पता लगाकर ही लौटेंगे। खुशी-खुशी वे लोग किष्किंधा चले।

रामचन्द्र के निकट पहुँच कर सबने उन्हे प्रणाम किया। जामवन्त की उम्र सबसे अधिक थी। मुखिया या मेट की भूमिका वही लिए हुए थे। सीता के अनुसन्धान और लंकादहन के विषय में हनुमान की सफलताओं का हाल जब उन्होंने श्रीरामचन्द्र को बताया तो वह गद्‌गद् हो गए। आनन्द से आँखें भर आईं। सीता का दिया हुआ सिर का केश हनुमान ने जब श्रीरामचन्द्र के हाथों में दिया तो वह थोड़ी देर के लिए विह्वल हो गए।

लक्ष्मण को भी बड़ी प्रसन्नता हुई।

सेतुबन्ध

सुग्रीव ने वानरों और भालुओं की बड़ी भारी सेना जुटाई। सभी समुद्र के किनारे आ पहुँचे।

वानरों की भारी फौज लेकर श्रीरामचन्द्र समुद्र के किनारे आ डटे, यह समाचार लंका पहुँचा तो मन्दोदरी और विभीषण घबड़ा उठे। उन्होंने रावण को समझाने की बड़ी चेष्टा की, परन्तु राक्षसराज अपना हठ छोड़ने को तैयार नहीं था।

विभीषण यह सुनकर हार गया। उसे विश्वास हो गया कि रावण दूसरे की बात मानता तो क्या सुनना नहीं चाहता। हद हो गई उस रोज, जिस रोज भरे दरबार में रावण ने विभीषण को लात मारी। दुखी स्वर में विभीषण ने कहा—भैया, अपने साथ तुम समूचे राक्षस समुदाय का सत्यानाश कर डालोगे। मेरा निर्वाह अब यहाँ नहीं, श्रीराम की छत्र छाया में ही मुझें जाना चाहिए। मैं मर्यादा पुरुषोत्तम उन्हीं भगवान श्रीरामचन्द्र की शरण में जाता हूँ। अपनी करनी का फल भोगने से छुटकारा पा लो···यह तुम्हारे बूते की बात नहीं। समुद्र पार कर विभीषण रामचन्द्र के निकट उपस्थित हुआ। वानरों ने पहले तो उसे रावण का जासूस समझा, परन्तु श्रीराम के कहने से पीछे छोड़ दिया। राम ने अपनी शरण में आए हुए विभीषण को अभयदान दिया। कहा—लंका का राजा आखिर तुम्हीं को होना है। आओ, समुद्र के जल से आज ही तुम्हारा अभिषेक हो जाय।

विभीषण का अभिषेक हुआ।

सामने फैला हुआ समुद्र। उठती हुई तरंगें अनन्त में समा रही थीं। सूर्य की किरणों से उद्भाषित नील और लोल लह-

रियाँ श्रीरामचन्द्र के हृदय को उद्वेलित कर रही थीं।

प्रश्न था, समुद्र को पार करके लंका किस प्रकार पहुँचा जाय। समूची फौज पार उतारनी थी, बड़ा ही विकट प्रश्न था। कोई कुछ कह रहा था, कोई कुछ। विभीषण ने कहा—महाराज, आप चाहें तो एक ही तीर में समुद्र को सुखा डालें। परन्तु अपने बल का अपव्यय उचित नहीं। पहले आप समुद्र की प्रार्थना कीजिए, यदि वह रास्ता न दे तो फिर चाहे जो करना।

राम को यह बात पसन्द आई। समुद्र तट पर आसन मार-कर वह बैठ गए और पार होने का उपाय बताने के लिए समुद्र की प्रार्थना करने लगे।

प्रार्थना करते तीन दिन बीत गए। राम की प्रार्थना का समुद्र पर कोई प्रभाव न पड़ा। तब श्रीरामचद्र कुपित होकर बोले—लक्ष्मण, प्रार्थना से काम नहीं चलेगा। "भय बिन होय न प्रीति।" लाओ, धनुष बाण। राम का रौद्र रूप देखकर समुद्र घबड़ा गया। उसका जल खौलने लगा। अन्दर रहने वाले जीव त्राहि-त्राहि करने लगे। स्वयं वह ब्राह्मण का भेष धर कर रामचन्द्र के समक्ष उपस्थित हुआ। करबद्ध होकर अपने अविनय के लिए क्षमा माँगी।

पार जाने का उपाय पूछने पर समुद्र ने बतलाया। आपके साथ नल और नील नाम के दो रीछ आए हैं। उन्हें एक मुनि का यह वर प्राप्त है कि उनका डाला हुआ पत्थर पानी में नहीं डूबेगा। उन्हीं दोनों के द्वारा आप पुल बनवाइए। इस तरह आपका भी काम होगा और मेरी मर्यादा भी बनी रहेगी। पत्थरों, पेड़ों और फूसों से नल और नील ने समुद्र में पुल तैयार किया फिर, सभी पार उतरे। और लंका तट पर छावनी डाली गई।

युद्ध

युद्ध आरम्भ करने से पूर्व रावण के पास अंगद को भेजा गया। अंगद ने रावण के आगे रामचन्द्र के बल, पौरुष की प्रशंसा की और कहा—भला चाहते हो तो सीता को मुक्त कर दो और स्वयं राम से क्षमा माँगो।

रावण ऐसी बात सुनना भी नहीं चाहता था। उसने लल-कार कर अंगद से कहा—वानर और भालू हमारे लिए चींटी के बराबर भी नहीं हैं। उन्हीं की मदद से यदि वह भिखारी मेरा मुकाबला करने आया है तो कौन उसकी जान बचा सकता है ?

रावण की यह दम्भपूर्ण बात सुनकर अंगद ने उसे ललकारा —मैं यहाँ धरती पर खड़ा हूँ। तुम्हारे यहाँ अगर कोई ताकत-वर हो तो आवे, मेरे पैर को उठावे।

अंगद की बात सुनते ही लंका के सभी पहलवान वहाँ आ जुटे। परन्तु किसी से अंगद का पैर नहीं डिगा। कोई उसे टस से मस न कर सका। अन्त में स्वयं रावण उठा तो अंगद बोले—राजा होकर तुम भला मेरा पैर क्यों पकड़ोगे, श्रीरामचन्द्र के पैर पकड़ना।

इस पर रावण को बड़ी लज्जा हुई और वह चुपचाप बैठ गया।

रावण इस घटना से मन-ही-मन घबड़ाया। उसने राम-चन्द्र को हराने की एक दूसरी युक्ति निकाली। उसने सोचा कि सीता को रामचन्द्र के मरने का विश्वास दिलाया जाय तो अवश्य ही वह अपने को मेरे अधीन कर देगी। जब सीता मेरे अधीन हो जाएगी तो सीता के भ्रष्ट होने की बात कहकर

रामचन्द्र को पस्तहिम्मत किया जा सकता है। ऐसा ख्याल आते ही उस मायावी ने राम का नकली सिर और तीर धनुष लेकर सीता को दिखलाया। बोला, तुम्हारे पति तो लड़ाई में मारे गए। तुम उनका ख्याल छोड़ दो और आओ अब हमारी पटरानी बनकर रहो।

अपने पति का सिर देख कर सीता के होश उड़ गए। वह सिर पटक कर प्राण दे देना चाहती थीं कि इतने में विभीषण की स्त्री सरमा ने इशारे से रावण का यह प्रपंच सीता को बता दिया।

अब लड़ाई शुरू हुई। दोनों पक्ष के सैनिक गाजर मूली की भाँति कट-कटकर गिरने लगे। रक्त की धारा से धरती का अंचल गीला हो उठा। मृत देहों से मैदान भर गया। आहत सैनिकों की चीख पुकार से सारा वायुमंडल भयानक लगता था।

अगणित सरदारों के मारे जाने पर रावण का क्रोध उमड़ आया। उसने लड़ाई की बागडोर अपने हाथ में ले ली। दूसरे दिन जब स्वयं वह युद्ध क्षेत्र की ओर चला तो महावीर मेघनाथ भी उसके साथ था।

रावण को आते देखकर सुग्रीव ने बड़ी भारी सिल उस पर फेंकी। परन्तु रावण ने तीर से सिल को चूर-चूर कर दिया। सुग्रीव को रावण का एक ऐसा तीर लगा कि वह बेहोश हो गया।

सुग्रीव को बेहोश देखकर राम, लक्ष्मण, हनुमान आदि आगे बढ़े। इस बार मुकाबले के लिए रावण का भाई कुम्भकर्ण सामने आया। कुम्भकर्ण लगातार महीनों तक सोता रहता था। इस युद्ध के दौरान में उसे बड़ी मुश्किल से उठाया गया था। वह बड़ा बली था। उसके तीरों की मार से राम के बहुत से सैनिक खेत रहे। अन्त में बड़ी कठिनाई से रामचन्द्र कुम्भकर्ण को मार सके।

मेघनाद लक्ष्मण से जूझ गया। खूब घनघोर लड़ाई हुई कोई उपाय न देखकर उसने लक्ष्मण पर शक्तिबाण चला दिया। लक्ष्मण मूंछित होकर गिर पड़े।

लंका के राजवैद्य सुषेण ने बतलाया—हिमालय से संजीवनी जड़ी आवे तो लक्ष्मण की मूर्छा टूट सकती है। अन्यथा कल तक इनके प्राण-पखेरू उड़ जाएँगे।

अब इतनी जल्दी हिमालय से जड़ी कौन लावेगा ?

रामचन्द्र ने बड़ी बेबसी से हनुमान की ओर देखा। प्रभु के हृदय की बात समझकर हनुमान उड़ कर गए जड़ी लाने।

लक्ष्मण को महामूर्च्छा में लीन देखकर राम अधीर हो गए थे। वह बड़े करुण स्वर में विलाप कर रहे थे।

सकहु न दुखित देखि मोहि काऊ।
बंधु सदा तब मृदुल सुभाऊ॥
मम हित लागि तजेहु पितु माता।
सहेऊ विपिन हिम आतप वाता॥
जो जनतेऊं बन बन्धु विछोहू।
पिता वचन मनतेऊं नहिं ओहू॥
सुत बित नारि भवन परिबारा।
होहिं जाहिं जग बारहिं बारा॥
अस विचारि जिय जागहु ताता।
मिलहिं न जगत सहोदर भ्राता॥
जथा पंख बिनु खग अति दीना।
मनि बिनु फनि करिवर कर हीना॥
अस मम जीवन बंधु बिनु तोही।
जौं जड़ दैव जियावह मोहीं॥
निज जननी के एक कुमारा।
तासु तात तुम प्राण अधारा॥

सौंपसि मोहिं तुम्हहिं गहि पानी।
सब विधि सुखद परम हित जानी॥
उतरु काह देहऊं तेहि जाई।
उठि किन मोहिं सिखावहु भाई॥

इस प्रकार रामचन्द्र विलाप कर ही रहे थे कि हनुमान आ पहुँचे। जल्दी-जल्दी में उन्होंने जड़ी नहीं पहचानी तो पहाड़ का एक टुकड़ा ही उखाड़ लाए थे। लक्ष्मण को जड़ी दी गई और उन्हें होश हुआ।

लड़ाई फिर शुरू हुई। इस बार मेघनाद लक्ष्मण के ही हाथों से धराशायी हो गया। अब रावण की ओर से लड़ने वाला कोई दूसरा महारथी नहीं बचा। रावण बड़ा अत्याचारी और अन्याय-प्रिय राजा था। देवता तक उससे परेशान रहते थे। ऋषि मुनियों से टैक्स के रूप में उसने लहू वसूल किया था। संसार में कोई भी उससे प्रसन्न नहीं था। सब उसका अन्त चाहते थे।

जब अपने भाईयों और बेटों को गँवा करके भी उसका होश दुरुस्त नहीं हुआ तब वह खुद ही लड़ने लगा। राम, लक्ष्मण सुग्रीव, सभी सावधानी से जूझ रहे थे। इन्द्र ने राम के लिए रथ भेजा। राम ने उसे स्वीकार किया अगले दिन तुमुल संग्राम हुआ। राम के तीरों से तीर मिलाकर रावण अपने महल में भाग आया।

दूसरे दिन फिर युद्ध हुआ। आश्चर्य? रावण का सिर कट कर भी जैसा का तैसा कंधे पर जम आता था। इन्द्र के भेजे हुए सारथि ने राम से कहा—आप ब्रह्मास्त्र चलाइए। मामूली तीर को यह क्या समझेगा?

रामचन्द्र ने अगस्त्य मुनि से ब्रह्मास्त्र प्राप्त किया था। आज उसी का प्रयोग किया।

वह विकट अस्त्र रावण का कलेजा चीरकर निकल गया। वह जमीन पर गिर पड़ा। उसके गिरने से जमीन कितनी जोर

से हिली, मानो भूकम्प आ गया हो।

रावण के मरते ही श्रीरामचन्द्र पर आसमान से फूल बरसने लगे। जय-जयकार से दिशाएँ गूँज उठीं।

अग्निपरीक्षा

स्वयं अपने हाथ से राम ने रावण का दाहसंस्कार किया। रोती हुई मन्दोदरी को समझा-बुझाकर शान्त किया।

विभीषण ने लंका की राजगद्दी पाई। वह धूम-धाम से सिंहासन पर आरूढ़ हुआ।

हनुमान ने सीता को जाकर खुशखबरी सुनाई—माता, लड़ाई में हम लोगों की जीत हुई। रावण मारा गया।

प्रसन्नता के अतिरेक से सीता ने रो दिया। फिर लक्ष्मण भी आए और प्रणाम करना चाहा, परन्तु सीता ने मना किया—राक्षसों के बीच रहती हुई मैं अपवित्र हो गई हूँ। स्नान कर लेने दो, कपड़ा बदल लेने दो, तब···

लक्ष्मण और हनुमान आदरपूर्वक सीता को राम के पास ले आए।

सीता के हर्ष का अन्त नहीं। कितने दिन हो गए थे? आज श्रीरामचन्द्र को वह अपनी आँखों देखेगी।

सीता को सामने पाकर राम और भी गम्भीर हो गए। थोड़ी देर बाद बोले—जानकी, हमने अपना कर्तव्य पूरा किया। दुष्टों का संहार हो गया है। उत्पात मचाने वाले राक्षसों का अन्त हो चुका है। ऋषियों, मुनियों को अब कष्ट नहीं होगा। रावण तुम्हें अन्याय से चुरा लाया था, इसलिए तुम्हारा भी उद्धार होना आवश्यक था। यह भी हुआ। अब तुम स्वाधीन हो। जहाँ चाहो, जा सकती हो। जहाँ चाहो रह सकती हो।

तुम्हें अपने साथ तो मैं रख सकता नहीं, क्योंकि इससे हमारा कुल कलंकित होगा। लोग कहेंगे कि इतने दिनों तक पराए घर में रहने वाली स्त्री को रामचन्द्र ने फिर अपने यहाँ रख लिया··· ना बाबा, तुम अलग ही रहो।

रो पड़ी सीता—हाय ! यह मैं क्या सुन रही हूँ ! क्या यही सब सुनने के लिए मैं जीवित रही ?

सीता के आँसू थम नहीं रहे थे। उनका कलेजा छलनी हो गया था। आज तक इस वीर महिला ने बहुत कुछ बर्दाश्त किया था, परन्तु अपने चरित्र के बारे में पति के द्वारा स्पष्ट किया गया यह सन्देह उसके लिए असह्य हो गया। उसका मनोबल टूक-टूक होने लगा। वह बोली—तो अब जीकर मैं क्या करूँगी ? हे लक्ष्मण, मेरे लिए तुम चिता तैयार कर दो, मैं सबके सामने भस्म हो जाऊँगी।

लक्ष्मण को बड़ा खेद हुआ। बड़े भाई की इस विवेकहीनता पर बड़ा ही क्षोभ हुआ। उनकी आँखों में आँसू भर आये। कर्तव्य का पालन कैसा कठोर होता है !

लक्ष्मण ने चिता तैयार की। अग्नि संयोग होने पर चिता धू-धू कर जल उठी। पति की ओर मुँह किए, दोनों हाथ जोड़े सीता ने निर्भय होकर अग्नि में प्रवेश किया।

राम और लक्ष्मण से यह दृश्य नहीं देखा गया। क्षोभ के मारे उन्होंने आँखें मूँद लीं।

परन्तु आग की लपटें धीमी पड़ गईं। चिता पर सीता बैठी हुई थी और लपटें ठंडी हो रही थीं।

इतने में कंचन जैसी कायावाला एक सुन्दर पुरुष चिता से निकलकर राम के आगे खड़ा हो गया बोला—आँख खोलो रघुकुल कमल दिवाकर ! सीता निष्कलंक है। अग्नि इसके स्पर्श से शीतल हो गई है ! देखो न ?

राम और लक्ष्मण ने नयन खोले। माथा झुकाकर उस

पुरुष को प्रणाम किया। सीता के सम्बन्ध में उनके सारे संदेह दूर हो गए थे।

राम ने आदर और स्नेहपूर्वक सीता का हाथ पकड़ा तो वह सरल हृदया वीर महिला बच्चों की तरह फूट-फूटकर रो उठीं।

लक्ष्मण को सीता और राम के इस समागम से बड़ी प्रसन्नता हुई।

देवताओं ने सीता-राम पर फूल बरसाए। अप्सराओं ने उनकी आरती उतारी। किन्नरों और गन्धर्वों नें नाच गाकर अपनी खुशी जाहिर की।

देवताओं के राजा इन्द्र राम से मिलने आए तो राम ने कहा—इस लड़ाई में जितने भी वानर भालू मरे हैं सबको जिला दीजिए।

'एवमस्तु'...इन्द्र ने कहा। थोड़ी देर बाद युद्ध क्षेत्र में आकाश से अमृत की फूहियाँ पड़ीं तो वानर भालू जी उठे।

अब सभी ने प्रार्थना की...महाराज, चौदह साल पूरे होने आए, चलें अब अयोध्या की ओर।

श्री राम ने मौन रहकर प्रस्ताव को स्वीकार किया। अगले दिन हनुमान को आज्ञा मिली—अयोध्या जाकर हमारे आने का समाचार भरत को सूचित करो।

अयोध्या की ओर

पुष्पक विमान पर चढ़कर राम, सीता, लक्ष्मण आदि लंका से विदा हुए तो विभीषण ने हाथ जोड़कर कहा—प्रभु, आपकी कृपा से लंका भी अब सज्जनों के रहने लायक हो गई है, यहाँ अब सुख शान्ति विराजमान है। अयोध्या में आपका अभिषेक देखने के लिए हम भी वहाँ जाना चाहते हैं।

अवश्य—राम बोले—आप न भी कहते तो भी आमन्त्रण-पत्र लेकर अयोध्या से दूत तो लंका आता ही। आप अवश्य आइएगा, और सपरिवार।

वे लोग किष्किंधा आये। सेना पुल से समुद्र पार आई। किष्किंधा में भी प्रजा को बड़ी प्रसन्नता हुई।

इधर हनुमान आगे-आगे सब जगह खुश खबरी ले आये थे। भरत ने जब यह सुना तो वह भाई और भाभी को देखने के लिए अधीर हो उठे।

रास्ते में लंका से ही रामचन्द्र सीता को दृश्य दिखाते आये थे। किष्किंधा में उन लोगों को कई दिन तक रुकना पड़ा। आगे दंडकवन, पंचवटी, आदि स्थानों में भी मुनियों के दर्शनार्थ वे विमान से उतरे थे।

सभी ने श्रीराम का आग्रह किया—अब आपके चौदह साल पूरे हो गए, शीघ्र अयोध्या जाइए।

जाते समय जहाँ-जहाँ जो घटना घटी थी उन जगहों को गौर से देखते हुए सीता, राम और लक्ष्मण प्रयाग पहुँचे। भारद्वाज मुनि के आश्रम में रात बिताई। मुनि को सारा समाचार पहले ही प्राप्त हो चुका था। उन्होंने भी आग्रह किया। वनवास की अवधि पूरी हो गई। श्रीराम, अब आप अविलम्ब अयोध्या पहुँचें।

गंगा पार होने पर अगवानी के लिए खड़े निषादराज गुह से भेंट हुई। दोनों गले मिले। उसने नहीं माना, एक दिन के लिए रोक लिया।

भरत मिलाप

नन्द ग्राम में भरत राम की प्रतीक्षा कर रहे थे, बड़ी ही उत्सुकता से। उनके वस्त्र मुनियों के से थे। सिर पर जटा थी।

रामचन्द्र को देखते ही वह उनके पैरों पर गिर पड़े। राम ने भरत को उठाकर गले से लगाया। फिर भरत ने सीता को प्रणाम कियां। किसी के मुँह से शब्द नहीं निकल रहा था। सभी आनन्द में मग्न थे।

भावावेश कम होने पर रामचन्द्र ने पूछा—कहो भरत, कैसे रहे ?

भरत के बदले सीता ने कहा—क्या पूछते हैं महाराज हमने चौदह साल जंगल में बिताये, भरत ने चौदह साल यहाँ तपस्या में।

सभी, कुछ देर वहीं रहे। फिर महामन्त्री सुमन्त रथ लिए हुए वहाँ पहुँचे, नगर के और सारे लोग उनके साथ थे।

सभी ने सुमन्त को प्रणाम किया। हर्ष के मारे बूढ़े मन्त्री के मुंह से एक भी बात नहीं निकली। प्रसन्न नागरिकों ने कहा—महाराज, यह चौदह साल हमारे चौदह युग की तरह गुजरे हैं। इतने दिनों तक अयोध्या की सारी सुषमा मूर्छित-सी पड़ी थी। अब आपके आने से अयोध्या अविलम्ब ही उन्नति की ओर अग्रसर हो जायगी। रथ पर चढ़कर सभी अयोध्या की ओर आये। रास्ते से ही स्वागत के लिए खड़े नागरिकों की भीड़ दिखाई पड़ी। उपनगर और नगर की सड़क के दोनों ओर वाले घर सजे-सजाए कैसे लग रहे थे। द्वार-द्वार पर मंगल-घट रखे हुए थे। अनेक स्थानों पर तोरण बने हुए थे। समूची राजधानी शोभा का आगार बनी हुई थी। धूल का नाम नहीं। सब जगह भीनी-भीनी खुशबू आ रही थी।

अपने प्रति प्रजा की ऐसी प्रीति देखकर रामचन्द्र बड़े प्रसन्न हुए। रथ रोक-रोक कर वह वृद्धों और वृद्धाओं का आशीर्वाद लेने लगे। बड़ी देर के बाद रथ राजमहल के निकट पहुँचा। महामुनि वशिष्ठ सबसे पहले मिले। उन्होंने राम के माथे पर हाथ फेरकर कहा—बेटा, बड़े दिन लग गए तुम्हें लौटने में। न

जाने कितने चौदह वर्ष जंगल में बिताकर फिर तुम आये हो।

राम ने गुरु की चरण धूलि माथे पर लगाई। डबडबाई हुई आँखों वाली माताओं के पैर छूकर प्रणाम किया। कौशल्या काफी बूढ़ी हो चुकी थीं। उन्होंने हाथ से राम का माथा, कपार, कान, नाक, मुंह और छाती छूकर अपने भावावेश को प्रकट किया। कैकेयी का घमण्ड अब तक चूर-चूर हो चुका था। आज उसकी भी आँखों में आँसू थे।

लक्ष्मण और सीता ने भी सबको प्रणाम किया।

इसके उपरान्त उन्होंने तापस वेष उतारकर राजसी रूप धारण किए। भरत ने भी ऐसा ही किया।

शुभ मुहूर्त देखकर रामचन्द्र का अभिषेक सम्पन्न हुआ। सिंहासन पर सीता और राम को बैठाकर वशिष्ठ ने उनके ललाट पर तिलक किया। इस अवसर पर सुग्रीव हनुमान और विभीषण आदि मित्रगण भी पधारे थे। जनक जैसे वृद्ध कुटुम्बी पधारे थे। विश्वामित्र, भारद्वाज, अगस्त्य आदि महर्षियों ने भी आने की कृपा की थी।

रामचन्द्र बड़ी निष्ठा से प्रजा के प्रति अपने कर्तव्य का पालन करने लगे। उनके राजकाल में सर्वत्र सुख-शान्ति फैली हुई थी।

दैहिक दैविक भौतिक तापा।
राम राज नहिं काहुहिं व्यापा।।
सब नर करहिं परस्पर प्रीती।
चलहिं स्वधर्म निरत श्रुति रीती।।
चारिहु चरन धरम जग माहीं।
पूरि रहा सपनेहुँ अघ नाहीं।।
अल्प मृत्यु नहिं कबनिऊँ पीरा।
सब सुन्दर सब विरुज सरीरा।।

नहिं दरिद्र कोउ दुखी न दीना।
नहि कोउ अबुध न लच्छन हीना॥
सब निर्दंभ धर्मरत पुनी।
नर अरु नारि चतुर सब गुनी॥
सब गुनग्य पंडित सब ग्यानी।
सब कृतग्य नहिं कपट सयानी॥

परन्तु रामचन्द्र भी आखिर आदमी ही थे। अपनी प्रजा की आलोचना से वह भी नहीं बचे। सबका मुंह चुप करना किसी के लिए भी असम्भव है।

एक बात को लेकर लोग यदा-कदा राम की टीका टिप्पणी करते थे। प्रगट नहीं, बल्कि गुप्त रूप से। एक दिन अपने किसी दूत से रामचन्द्र ने पूछा अयोध्या के लोग मेरे बारे में क्या कहते हैं ?

महाराज—दूत ने आदर और संकोच से कहा—सभी आपकी प्रशंसा करते हैं। कहते हैं, ऐसा सुप्रबन्ध और ऐसी सुव्यवस्था कहीं नहीं है—

राम को लगा कि यह आदमी कुछ और भी कहना चाहता है, मगर संकोच के मारे अपनी बाणी को उसने तालु से उधर ही रोक रखा है। वे बोले—सभी प्रशंसा करते हैं ?

जी, सरकार।

रामचन्द्र ने पूछा—कोई भी मेरे सम्बन्ध में कुछ आपत्ति या आरोप नहीं उठाता ?

दूत ने चुप्पी साध ली और सिर झुका लिया। रामचन्द्र ने सोचा—जरूर कोई बात है। प्रगट रूप से उन्होंने दूत से कहा अरे, कहते क्यों नहीं हो। संसार में वह कौन है जिसके खिलाफ कोई न हो। हाँ, तब बात यह है कि किसी के निन्दक अधिक होते हैं तो किसी के प्रशंसक। प्रशंसक ही प्रशंसक सब किसी के नहीं होते। देवराज इन्द्र तक की जब आलोचना होती है तो

भला मेरी आलोचना का क्या कहना—

प्रभु के मुंह से यह बात सुनकर उस आदमी को ढाढ़स हुआ। वह बोला—महाराज, करुणानिधान ! अपराध माफ हो।

हाँ हाँ, कहो न !

दूत ने कहा—कल धोबी अपनी औरत पर नाराज हो रहा था—

क्या कह रहा था ? राम ने पूछा।

आदमी थोड़ी देर के लिए रुक गया। वास्तव में वह कहना नहीं चाहता था। परन्तु राजा राम की उत्कंठा बढ़ चुकी थी। वह अपने बारे में जानने को व्याकुल हो रहे थे।

दूत बड़ी देर तक चुप रहा तो रामचन्द्र ने स्नेह से उसकी पीठ थपथपाकर कहा—पगले ! बोलता क्यों नहीं ! क्या कह रहा था धोबी ?

दूत डरते-डरते बोला—करुणानिधान, धोबी अपनी धोबिन से यही कह रहा था कि मैं राम नहीं हूँ। कि दूसरे के घर में रहकर आई हुई औरत को फिर रख लूँ—

यह सुनकर राम ने सिर झुका लिया। गम्भीर चिन्ता में निमग्न हो गये।

रामचन्द्र मर्यादा पुरुषोत्तम थे। उन्हें इस तरह की एक-एक बात का ख्याल रहता था। अपना कुल कलंकित न हो, इसका ध्यान उन्हें सदैव बना रहता। आज तक कठिन कर्तव्य के पालन में बराबर वह अग्रणी रहे। तो, अब क्या अपने कर्तव्य का पालन वह नहीं करेंगे ? नहीं, कर्तव्य का पालन होना ही चाहिए।

रामचन्द्र ने सीता का परित्याग का निश्चय किया। उन्होंने लक्ष्मण को आज्ञा दी—सीता को जाकर तमसा नदी के किनारे छोड़ आओ।

लक्ष्मण सीता को लेकर वन की ओर चले। वह गर्भिणी थी

फिर भी लक्ष्मण उसे जंगल में छोड़ने जा रहे थे। लक्ष्मण का कलेजा फटा जा रहा था। परन्तु भाई की आज्ञा थी, और आज्ञा-पालन तो होना ही चाहिए। छोटे बड़ों का अनुशासन मानें। रघुकुल की इस रीति को भला लक्ष्मण ही क्यों तोड़ेंगे ?

यह समाचार सुनकर सारा नगर शोक में डूब गया। सभी उस धोबी को गालियाँ दे रहे थे। परन्तु राजा की आज्ञा थी कि धोबी को कोई कुछ न कहे। लोग मन मसोस कर रह गये।

और, राम स्वयं क्या कम दुखी थे ? उनके हृदय की वेदना कौन समझता ? सीता पवित्र हैं, विशुद्ध हैं, उनमें कलंक का लेशमात्र भी नहीं। स्वयं अग्नि ने राम के समक्ष सीता की पवित्रता का प्रमाण पेश किया था। परन्तु यह सब जान बूझ कर भी राजा राम बिलकुल निरुपाय हो रहे थे। प्रजा को प्रसन्न रखना ही राम के लिए सबसे महान आदर्श था। प्रजा के आगे राम को न तो सीता की परवाह थी न लक्ष्मण की और न स्वयं की।

सीता को लेकर लक्ष्मण तमसा नदी के किनारे पहुँचे और वहीं उन्हें छोड़ आये। लक्ष्मण जब लौटने लगे तो सीता ने कहा—श्रीरामचन्द्र के चरणों में मेरा सत सहस्त्र प्रणाम निवेदित करना। इस स्थिति में मैं जो वनवासिनी हुई हूँ वह ही पूर्वजन्म के पापों का फल है। इसमें राजा राम का कोई दोष नहीं—मेरे अन्दर यदि दूसरा जीव विद्यमान न होता तो मैं वहीं सरयू में डूबकर अपने को समाप्त कर देती। परन्तु आज मैं वैसा नहीं कर सकती हूँ क्योंकि रघुकुल के विशाल वटवृक्ष का बीजांकुर मेरे भीतर विद्यमान हैं। इसके आविर्भाव होने तक तो मुझे अपने को बचाना ही होगा। माताओं को बारम्बार मेरा प्रणाम कह देना। साधारण प्रजा पर राजा की जो दृष्टि रहनी चाहिए, वही दृष्टि रघुनन्दन मुझ पर भी रखेंगे...

रोते-रोते लक्ष्मण लौट गए।

कुश और समीधा के लिए महर्षि बाल्मीकि उस वन में आये तो उन्होंने सीता को देखा। बातें मालूम होने पर हृदय द्रवित हो उठा। वह सीता को अपने आश्रम ले गए। अपनी कन्या की भाँति मुनि सीता की देख-रेख कर रहे थे। थोड़े दिनों के बाद सीता के दो जुड़वे बच्चे पैदा हुए। बाल्मीकि ने उनका नामकरण किया—लव और कुश। दोनों बच्चे वहीं पलने लगे।

महर्षि बाल्मीकि ने उन बच्चों को अपना काव्य कंठस्थ करा दिया। दोनों बटुक जब रामायण का गान करते तो पशु-पक्षी तक मुग्ध होकर सुनते रहते। लव और कुश को पता नहीं था कि जिनके चरित्र का गान इन श्लोकों द्वारा वे करते फिरते हैं। वह श्रीरामचन्द्र आखिर हैं कौन ? अपने चरित्र नायक की वीरता, उनकी साहस की बातें, उनका त्याग और तपस्या—यह सभी कुछ दोनों ब्रह्मचारियों को बड़ा ही अद्‌भुत लगता था।

बच्चे बड़े होते गए, समय बीतता गया। मुनि ने अस्त्र-शस्त्र चलाने की विद्या में भी उन कुमारों को निपुण बना दिया। काव्य का गान करना, तीर चलाने का अभ्यास, विद्या अध्ययन और ब्रह्मचर्य—यही था कुमारों का जीवन। उन्हें देख-देखकर सीता को किशोर राम की याद आती। उन्होंने अपने अतीत की घटनाओं को लव ओर कुश से छिपा रखा था।

एक दित दोनों कुमारों ने एक सजा-सजाया सुन्दर घोड़ा देखा। वह बिना सवार का था। परन्तु उसके पीछे अस्त्र-शस्त्र से सज्जित काफी सैनिक चल रहे थे। घोड़े के कान साँवले और लम्बे थे। सिर पर सोने का पट्टा बंधा था। गले में रंगीन रेशम।

ऐसा घोड़ा उन्होंने आज तक नहीं देखा था। लव और कुश घोड़े को पकड़ लाये और आश्रम में बाँध दिये। सैनिकों ने घोड़े को छीनना चाहा, परन्तु बहादुर कुमारों के आगे उनकी एक न चली।

वह अश्वमेघ का घोड़ा था। उसके पीछे राज्य की समूची शक्ति थी।

शत्रुघ्न आये, भरत आये, लक्ष्मण आये, और अन्त में राम को स्वयं आना पड़ा। लव और कुश धुँआधार तीर चला रहे थे। घोड़े की बात नहीं थी, बात थी आन की। वह घोड़ा सब जगह से घूम आया था किसी की उसे छेड़ने की हिम्मत नहीं हुई थी। लव-कुश की इस बहादुरी को अयोध्या के सैनिकों ने बालहठ समझा। पीछे जब गुत्थमगुत्था हुआ तो उन्होंने सोचा बच्चों का रूप धरकर इन्द्र रामचन्द्र का मुकाबला करने आये हैं। आज तक राम-लक्ष्मण को तीर चलाने में असफलता नहीं हुई थी, परन्तु इन छोकरों ने उन्हें परास्त कर दिया। खैर मुनि बाल्मीकि के बचाव करने के कारण मामला सुलझ गया। घोड़ा वापस आया अश्वमेध यज्ञ पूरा हुआ।

दोनों कुमारों को साथ लेकर बाल्मीकि मन ही मन प्रसन्न हुए। उधर यज्ञ हो रहा था, इधर लोगों को लव और कुश रामायण सुनाते फिर रहे थे। गन्धर्व की सुरीली आवाज में वीणा के सहारे वे दोनों राम की गुणगाथा गा रहे थे—ताड़का-वध, अहल्या उद्धार, धनुर्भंग, अभिषेक की तैयारी, वन-गमन, पंचवटी में सीता-हरण, सुग्रीव-मैत्री, हनुमान लंघन, अशोक वाटिका में सीता, राम-रावण-युद्ध, प्रत्यावर्तन—अयोध्या में अभिषेक और सीता का वनवास।

रामचरित्र का वह कवित्वमय वर्णन सुनकर अयोध्या में सभी मुग्ध हो गये। राम को तो मूर्च्छा आ गई।

होश आने पर राम ने दोनों ऋषिकुमारों को नजदीक बुलाकर पूछा—क्या नाम है तुम्हारा ?

कुश और लव—उत्तर मिला।

पिता का नाम ?

....

क्यों, पिता का नाम नहीं जानते हो ?

जी, यह नहीं बताया गया है। हाँ, हमारी माँ का नाम सीता है—

सीता ?

राम ने दोनों तरुणों को खींचकर अपनी छाती से लगा लिया—सीता—हाय ये सीता के बच्चे हैं। उसी सीता के जिसे मैंने जंगल में खदेड़ दिया था ?

बिजली की भाँति यह समाचार अयोध्या में फैल गया। कुश और लव को देखने के लिए सारा नगर उमड़ पड़ा। लव और कुश भी अपने पितृत्व को पहचान कर धन्य-धन्य हो गये।

सभी यही कह रहे थे कि जैसे बाप और वैसे पूत—राम भी बचपन में ऐसे ही लगते थे। इसी उम्र में राम को विश्वामित्र अपने साथ ले गये थे। यज्ञ समाप्त हो चुका था। पुरोहितों की बिदाई की जा चुकी थी। बाल्मीकि और वशिष्ठ रह गये थे। कुश और लव को तो खैर कोई छोड़ना ही नहीं चाहता था।

महर्षि बाल्मीकि ने राम से कहा—महाराज, निष्कलंक सीता को तुम ग्रहण करो।

राम ने प्रजा की राय ली। सभी इसमें सहमत थे।

बाल्मीकि सीता को ले आये। नगर भर के लोग एकत्र थे। राम ने प्रजा को संबोधित करके कहा—नागरिको, तुम्हारी अनुमति पाकर ही मैं सीता को अपना सकता हूँ। कहो, तुम लोगों की क्या इच्छा है ?

सम्मिलित आवाज आई—सीता हमारी माँ हैं। इनके बिना अयोध्या सिंहासन बिल्कुल हलका रहेगा—

परन्तु, कुछ लोग ऐसे भी थे जो चुप्पी साधे हुए थे। राम और सीता दोनों ने ही लक्ष्य किया। सीता का हृदय व्यथा से टूक-टूक हो गया। उनके मुंह से निकला—माता धरती, तुम

फट जाओ तो मैं तुममें समा जाऊँ। अब और अधिक कष्ट नहीं सहा जाता।

लोगों के देखते-देखते सीता के पैरों के नीचे की धरती में दरार पड़ गई और वह उसमें समा गई।

हाय-हाय मच गई। कुश और लव माँ-माँ कहकर रोने लगे। रामचन्द्र संज्ञाशून्य होकर सिंहासन से लुढ़क पड़े। लक्ष्मण आदि शोक से फटे जा रहे थे। बूढ़ी माताएँ मूर्च्छित होकर गिर पड़ीं। बाल्मीकि चित्र में अंकित व्यक्ति की भाँति जैसे-तैसे खड़े रहे। प्रजाजनों में हाहाकार मच गया।

बहुत दिनों तक राजकुल शोक में डूबा रहा।

कुश को युवराज घोषित करके राम अपने अन्त की प्रतीक्षा करने लगे। इन्हीं दिनों में एक ऐसी घटना हुई कि लक्ष्मण का भी अन्त हो गया। एक बार कालपुरुष रामचन्द्र से मिलने आए थे। उन्होंने राम से प्रतीज्ञा करवा ली थी कि अन्दर कोई नहीं आयेगा, आने पर पहरेदार को निर्वासन का दण्ड।

इतने में हन-हन पट-पट करते हुए दुर्वासा आ पहुँचे। वह रोकने पर भी महल में घुस आये।

लक्ष्मण ने सरयू के अन्दर जाकर समाधि लगा ली, चिर समाधि।

अपने छहों भतीजों को अलग-अलग इलाके का अधिकार देकर राम इस ओर से निश्चिन्त हो गए।

अन्त में उन्होंने भी एक दिन सरयू में जल समाधि ले ली भरत और शत्रुघ्न ने उनका अनुगमन किया।

इस प्रकार राम कथा की परिसमाप्ति हुई। बाल्मीकि आदि का काव्य सम्पूर्ण हुआ।

●●●